ベッペ・フェノーリオ

個人的な問題

楠瀬正浩訳

basilico

ベッペ・フェノーリオ

個人的な問題

楠瀬正浩訳

I

なかば口を開き、両腕をだらりと両脇に垂らして、ミルトンはフルヴィアの別荘を見つめていた。アルバ市へと下っていく丘の斜面に、別荘は一軒ぽつりと立っていた。

鼓動は高まっていなかった。心臓はむしろ身体の奥のほうへ潜んでしまったようだった。

わずかに開かれている鉄格子の門の向こうに小道が続き、その左右に四本のサクランボの木が植えられている。二本のブナの木が、黒っぽい光を返している別荘の屋根を見おろすように聳えたっている。壁はいまでも純白で、汚れもくすみもなく、ここ数日の激しい雨にもかかわらず、色彩は鮮明である。窓はすべて閉ざされ、明らかにかなり前から鎖がかけられている。

「僕はいつ彼女に再会できるだろうか？　戦争が終わるまでは無理だ。そんなことは望むことさえ許されない。だけど、戦争が終わったら、僕はその日にでもトリーノに飛んでいって彼女を探すだろう。勝利の日が遠いのとまったく同じように、彼女は僕から遠ざかっている」

ぬかるんだばかりの泥土の上を滑るようにして、仲間が近づいてきた。「なんで道を外れたんだ」とイヴァンは訊ねた。「それでいま、なんで立ちどまったんだ。何を見ている？　あの家か？　なんであんな家が気になる？」

「僕は戦争が始まってから、あの家を見ていない。戦争が終わるまで見ることもないだろう。五分だけ辛抱してくれ。イヴァン」

「辛抱とか、そういう問題じゃない。命がかかっている。この辺は危険だ。パトロールが来る」

「ここまでは来ないだろう。せいぜい線路までだ」

「おれの言うことを聞け、ミルトン、急ごう。アスファルトは危険だ」

「ここはアスファルトじゃない」とミルトンは答えた。視線はふたたび別荘に向けられている。

「すぐ下はアスファルトだ」。イヴァンは尾根のすぐ下を走る大通りの一部を指さした。アスファルトはあちらこちら穴が開き、いたるところひび割れている。

「アスファルトは危険だ」。イヴァンは繰り返した。「田舎の小道なら、おれだってどんな馬鹿なことでもするだろう。だけどアスファルトはまずい」

「五分待ってくれ」と、ミルトンは落ち着いた口調で答え、別荘に向かっていった。イヴァンはハアハアと息を弾ませながら、踵を地面につけてしゃがみこみ、ステンガン(ステン軽機関銃)を太腿にのせ、斜面の上の広い通りや小道を監視しはじめた。それでも、もう一度ミルトンのほうに視線を走らせた。「それにしてもなんて歩き方だ。あいつがあんなふうに、まるで卵の上でも歩いているかのように、飛ぶように歩いているのを、おれはここ何か月も見たことがない」

ミルトンの容貌は醜かった。背は高く、ひどく痩せており、背中は猫背気味だった。皮膚は厚く、血色は悪かったが、光や気分のわずかな変化にも赤みを帯びることがあった。まだ二十二歳なのに、口の左右には二本の深い皺が苦々しげに刻まれ、またいつも眉をひそめがちだったので、額にも深い皺が刻まれていた。髪は栗色だったが、ここ何か月も続いた雨と埃のせいで、このうえなく惨めなブロンドの状態になっていた。ミルトンの素晴らしいところは目だけだった。悲しく皮肉っぽく、硬く不安げな眼差しだったが、どれほどミルトンに好意的でない女性であっても、注目せずにはいられなかったことだろう。足は長く、ほっそりとしていた。馬のような足で、歩幅を拡げて素早くしっかりとした足取りで歩くことができた。

ミルトンは鉄格子の門を通り抜けた。門は音もなく開いた。三番目のサクランボの木のところまで小道を歩いていった。一九四二年の春、桜の木はどれほど美しかったことだろうか。フルヴィアはふたりのためにサクランボの実をとりに木によじ登っていた。サクランボの実は、フルヴィアがふんだんに持っているように思われたスイスの本物のチョコレートを食べた後で食べるつもりだった。フルヴィアはまるで少年のように木に登り、一番見事に熟していると自分でも言っていた実に手を伸ばし、どう見ても丈夫そうではない横枝の上に身を拡げていた。籠はすでにいっぱいになっていたにもかかわらず、フルヴィアはいつまでも降りようとせず、太い幹のほうに戻ろうともしなかった。ミルトンは、自分がもう少し彼女の真下の近づき、下から上に向かって視線を投げかけるように決心させるために、フルヴィアがわざとぐずぐずしているのではないかという思いにとらわれた。反対に彼は数歩後ろに下がった。髪の毛の先端が凍りつき、唇が震えている。「降りろ。降りろ。もう充分だ。降りるんだ。いつまでも降りてこないんだったら、僕は一粒だって食べない。降りるんだ。じゃないと僕は生垣の向こうに、籠の中身をぶちまけてしまうよ。降りるんだ。君は僕を苦しめている」。フルヴィアは笑った。少し甲高い笑い方だった。最後のサクランボの木の高い枝から、小鳥が一羽飛び去っていった。

ミルトンは軽々とした足取りで家のほうに向かっていったが、すぐに立ちどまり、サクランボの並木のほうに戻っていった。「どうして忘れていたのだろう」と思った。ひどく動揺していた。あんなことがあったのは、まさに四番目のサクランボの木のところだった。彼女は小道を横切り、サクランボ並木の向こう側の草地に入っていた。白い服を着て、草ももう暖かくなかったけれど、それでも草の上に寝転んでいた。手のひらをカップ状にしてうなじと編み毛をとらえ、陽の光を見つめていた。しかし彼が草地に入ろうとすると、「だめ」と叫んだ。「そこにいて。サクランボの木に凭れて。そう、そんなふうに」。それから日差しに目を向けたままで言った。「あなたはハンサムじゃない」。ミルトンは同意のまなざしを返し、彼女は言葉を続けた。「あなたは素晴らしい目をしている。口も美しいし、手だって、とてもきれい。だけど全体的に見て、あなたは美男子じゃない。彼女は顔をわずかに彼のほうに向けて言った。「だけどあなたはそんなに醜くない。どうしてあなたが醜いだなんて、みんなは言うのかしら。みんなは、何も……、何も考えないでそう言っているのよ」。しかしそれから少しして、ゆっくりと、しかし彼がしっかりと聞こえるような声で言った。「冬も夏も、近くても遠くても、私が生きているかぎり……それからも」(訳注：原文ラテン語)。ああ、偉大で優しい神様。あの白い雲のなかに、ほんの一瞬でいいですから、私がそんなふうに話しかけるつもりでいる人の横顔を見させてください」。フルヴィアははっとしたように真正面から顔を彼に向けて言った。「今度の手紙はどんなふうに始めるの？《フルヴィア、地獄に落ちろ》とか？」。ミルトンは頭を振り、サクランボの樹皮に髪の毛がサラサラと触れた。フルヴィアは不安そうだった。「もう次の手紙はないってこと？」。「そうじゃない。ただこんどの手紙は、《フルヴィア、地獄に落ちろ》なんて言葉で始めたりしない。手紙のことは心配することはない。わかっているんだ。僕たちはもう手紙なしではいられない。僕は書かずにいられないし、君は受け取らずにはいられない」

彼に手紙を書くように強制したのはフルヴィアだった。初めて別荘を訪ねた日の帰りしなだった。フルヴィアが彼を呼んだのは『ディープ・パープル』の詩句を訳してもらうためだった。夕焼けを歌っているんだと思うけれど、と彼女は言った。ミルトンはレコードをできるだけ低速で回転させて翻訳した。フルヴィアは彼にタバコといつものスイスのチョコレートの小箱をプレゼントした。鉄格子の門のところまで彼を見送りに出た。「君に会えるかな——と彼は訊ねた——明日の朝、君がアルバに下りてきたときに？」。「それは駄目、絶対に駄目よ」。「だけど君は毎朝アルバに来ているじゃないか——と彼は抗議した——カフェテリアをみんな回っているのに」。「絶対に駄目。町はあなたと私がいるところではないのよ」。「じゃここに戻ってきてもいいかな」。「そうしなきゃ駄目」。「いつ？」。「ちょうど一週間したら」。まだミルトンを名乗る以前だったときの彼は、一週間という時間のあまりの長さ、とうてい乗り越えることができそうにない広がりを前にして眩暈を覚えた。だけどいったいどうして、彼女はこんなに簡単にそんな時間を決めることができたのだろう？　「一週間後でいいわね。だけどそのあいだ、あなたは私に手紙を書くのよ」。「手紙を？」。「そう、手紙よ。夜、手紙を書いてちょうだい」。「わかった。だけどどんな手紙を？」。「手紙は手紙よ」。ミルトンは言われたとおりにし、次に顔を合わせたとき、フルヴィアは素晴らしい手紙だったと言った。「まあまあ……だったかな」。「素晴らしかったわ。本当に。トリーノに行ったら私が最初に何をすると思う？　素敵な小箱を買って、なかにあなたからの手紙を入れておくのよ。手紙は全部取っておいて、けっして誰にも見せないわ。もしかしたら私の孫たちが見るかもしれないけれど。いまの私の年頃になったらね」。そう言われて、彼は何も言うことができなかった。フルヴィアの孫たちが自分の孫たちではないという恐ろしい可能性の影に押しつぶされそうだった。「今度の手紙はどんなふうに始めるつもり？——彼女は言葉を続けた——この手紙は『フルヴィア、輝き』で始まっていたけれど。私は輝いているかしら」。「いや、君は輝いているわけじゃない」。「あら、私は輝いていないの」。「君は輝きそのものなんだ」。「あなたって、本当にあなたってば——と彼女は言った——あなたには言葉の使い方が本当に身に沁みついているのね……たとえば『輝き』という言葉を私は初めて耳にしたみたいだったわ」。「不思議でもなんでもないよ。君以前に『輝き』なんてなかったんだから」。「嘘つき！——と彼女は少しして呟くように言った——見て、なんて素晴らしい、美しい太陽なんでしょう」。それから突然立ち上がると、小道の端まで走り、正面から日の光を受けていた。

いま彼の低いまなざしは、あの遠い日のフルヴィアの動きの後を辿っていたが、最後まで辿りつく前に、視線はふたたび出発点の最後のサクランボの木のところに戻っていた。サクランボの木はなんと醜く、老木と化していたことだろう。白みを帯びはじめた空を前にして、だらしなく枝を震わせ、雫を垂らしている。

それから彼はわれに返り、やや重たい足取りで、入り口の小さなポーチの前の平坦なところまでやってきた。砂利は水浸しになった木々の葉で埋め尽くされている。フルヴィアが遠くに行ってから二回の秋を経た後の木々の葉である。本を読むとき、フルヴィアはほとんどいつもそこにいた。中央のアーチの真下で、枝編みの大きな肘掛椅子の赤いクッションに身を包まれていた。読んでいたのは『緑色の帽子』、『エルゼ譲』、『消えたアルベルチーヌ』……などである。ミルトンの心は、フルヴィアが手にしていたこれらの書物にちくちくと痛みを覚えた。プルースト、シュニッツラー、マイケル・アーレンを彼は呪い、嫌悪していた。しかしそれからしばらくして、フルヴィアはこうした本なしでいられるようになった。彼女のためにいつもミルトンが訳していた詩や物語だけで充分な様子だった。最初にミルトンが持っていったのは、『エヴリン・ホープ』の翻訳だった。「私に?」と彼女は言った。「君だけに」。「なんで私に?」。「何故って……」、こうしたものが君の好みでなかったら、とても不幸だから」。「私が不幸?」。「いや、僕が不幸なんだ」。「じゃ、どういうものなの」。「美しきエヴリン・ホープは逝ってしまった! しばしたたずむ、彼女の枕辺に(松本侑子訳)」。読み終わると、フルヴィアの目には涙が光っていた。それでも彼女はむしろ翻訳したミルトンに対する称賛の念に駆られていた。「本当にあなたが訳したのね?

だけどそれだったら、あなたって本当に天才だわ。あなたは楽しいものはけっして訳さないの？」。「そうだね」。「どうして？」。「楽しいものは、僕の目に入ってきてくれないんだよ。僕から逃げていくのかもしれない」

次に持っていったのはポーの短編だった。「なんのお話？」。「僕の恋人、僕の恋人、僕の恋人モレッラ」。「今晩、読ませてもらうわ」。「僕はこれを二晩で訳したよ」。「夜更かしのしすぎじゃないの」。「どうせ、そうしないわけにもいかないんだ——と彼は答えた——警報の鳴らない夜はないし、僕はウンパ（全国防空協会 Unione nazionale protezione antiaerea）の一員だから」。フルヴィアは思わずわっと噴き出した。「ウンパですって！　あなたがウンパ？　そんなこと、私に言うべきじゃなかったわ。だって、可笑しすぎるじゃないの。自分からウンパに入るなんて、黄色と青の腕章なんかしちゃって」。「腕章はそのとおりだけれど、僕は自分から入ったわけじゃ全然ない。僕たちは連盟（Federazione）に登録されている。一度でも警報に駆けつけないと、翌日には警察が家に来る。ジョルジョだってウンパに入っているんだ」。しかしフルヴィアはジョルジョのことは笑わなかった。陽気な高笑いは、すべてミルトンに向かって吐き出されてしまっていたのかもしれない。

フルヴィアをミルトンに紹介したのはジョルジョ・クレリチだった。体育館でバスケットボールの試合の後だった。ふたりは更衣室から出てきて彼女に出会った。会場を離れようとしていてまだ残されていた観客たちのなかで、フルヴィアは海藻のかげに紛れた真珠のようだった。「フルヴィアだよ。十六歳だ。空襲を恐れてトリノから疎開してきたんだけど、内心では空襲を面白がっていたみたいだな。いまはここに住んでいる。丘の上だ。公証人が持っていた別荘だよ……などなど。フルヴィアはアメリカのレコードを山のように持っている。フルヴィア、こいつは英語の天才だよ」

この最後の言葉を耳にして、フルヴィアは初めてミルトンのほうに視線をあげた。彼女のまなざしは、目の前の男、ミルトンが、天才にだけはどうしても見えないと言っていた。

ミルトンは両手を顔に押しあて、その暗闇のなかでフルヴィアのまなざしとの再会を求めた。しかし結局、両手を下ろして溜息をついた。そのような骨折りと思い出すことができないのではないかという不安に駆られて、疲れはてていた。フルヴィアのまなざしは暖かいハシバミ色で、細かな金色の輝きにあふれていた。

尾根の方角に顔を向けてみると、イヴァンの身体の一部が目に入った。相変わらずしゃがみこんだままの姿勢で、どこまで続く入り組んだ斜面に警戒の目を光らせている。

ミルトンは小さなポーチの下にやってきた。「フルヴィア、フルヴィア、僕の愛する人」。別荘の門の前で、何か月もの後、彼には自分が初めて風に向かってではなく、しっかりと耳を傾けてもらえる言葉を語りかけているように思われた。「僕はいつまでも昔のままだ、フルヴィア。たくさんのことをしてきた、たくさん歩いてきた……。逃げたり、追いかけたりした。これまでになく自分が生きているように感じ、また死んでいるようにも思われた。笑ったり泣いたりした。

無我夢中になって人を殺してしまったこともある。とても大勢の人たちが冷然と殺されていくのを目にしたこともある。だけど僕はいつまでも昔のままだ」

別荘の周辺の人道の上を、横手から近づいてくる足音が耳に入った。ミルトンはアメリカ製のカービン銃をなかば肩に近づけた。しかし、重い足取りではあったが、それは女の足取りだった。

2

管理人の女は家の角から様子を窺っていた。「パルチザンだね！　何しているの？　誰を探しているの？　だけど、あなたは……」

「そう、僕だよ」と、ミルトンは笑顔を浮かべずに言った。管理人の女性があまりにも老けてしまっていることにすっかり動揺していた。体形はさらに寸胴になり、顔は憔悴し、髪の毛はすべて真っ白だった。

「お嬢様のお友達ですね――管理人は隠れていた角から出てきて言った――お友達のおひとりですね。フルヴィア様はここにはおられませんよ。トリーノに戻られたんです」

「知っている」

「もう一年以上前になります。あなた方若者たちがこの戦争を始めようとしていたときです」

「わかっている。彼女から連絡はあるかな」

「フルヴィア様からですか？――彼女は頭を振った――お手紙を書くと約束されましたが、一度もお書きになったことはありません。ですけれど、私はいつも待っております。そのうちいつか受け取ることもあるでしょう」

「この女が――とミルトンは考え、動揺して彼女を見つめた――この年老いた、取りたててなんの変哲もない女が、フルヴィアから手紙を受け取るんだ。彼女の生活の連絡とか、挨拶の言葉とか、署名とかを」

　フルヴィアはいつもこんなふうに署名していた。Full/vila, 少なくとも彼に対してはこんなふうだった。

「もしかしたら、お手紙を書いてくださったのかもしれませんが、届かなかったのかもしれませんね」。そう言って管理人の女は視線を下げ、言葉を続けた。「フルヴィア様は優しい方です。衝動的で、気まぐれかもしれませんが、それでもとても優しい方です」

「もちろん」

「そして美しいお方です。とってもお美しい」

　ミルトンはなにも答えず、ただ下唇を前のほうに突き出しただけだった。苦痛を覚え、それに耐えようとするときの彼のやり方だった。フルヴィアの美しさは、他のなにものにもまして、いつも彼を苦しめて止まなかった。

　彼女はミルトンをすこし盗み見るようなまなざしになって言った。「まだ十八にもなっていらっしゃらないんですよ。あの頃は、十六になられたばかりでした」

「お願いしたいことがある。家のなかを見せてほしい」。口から飛び出してきた声は思わず固くなり、ほとんど嗄れていた。「あなたにはわからないかもしれないけれど、それがどれほど……どれほど僕を、助けてくれることになるか」

「あら、もちろんですよ」と彼女は両手をよじり合わせて答えた。

「僕たちの部屋を見せてくれるだけでいい」。声の調子をなんとか和らげようとしたが、うまくいかなかった。「二分と手間はかけさせない」

「もちろんですとも」

女は、ドアは内側から開けなければならないけれど、そのためには別荘の裏手に回らなければないから、ちょっと待っていてほしい、と言った。「農家の息子に農作業場に出てきてすこし見張りをしてくれるようにお願いしてみましょう」

「反対側だけ、お願いしよう。こちら側は仲間がひとり見張ってくれている」

「私はおひとりだと思っていました」と女は言った。新たな不安に駆られたような様子だった。

「ひとりのようなものだ」

管理人の女は別荘の角を曲がって裏手に姿を消し、ミルトンは見晴らしのきく平坦な場所に出ていった。イヴァンに向かって手を叩き、それから片手を拡げて見せた。五分でいい、五分でいいから待ってくれ。それから空をちらりと見上げ、あの素晴らしい一日のもうひとつの大きな思い出を心に刻みこんだ。大空の灰色の広がりのなかを、黒みがかった一団の雲が西に向かって流れ、その先端がいくつもの白い小さな雲にぶつかり、白い雲はみるみると崩れていった。突風が吹きはじめ、木々が揺れ動き、雨滴が砂利の上でパシャパシャと音をたてはじめた。

いまや心臓は強い鼓動を打ち、唇は不意にからからになった。ドアをとおして、『オーヴァー・

ザ・レインボウ』の曲が表に流れ出ていた。あのレコードはフルヴィアへの初めての贈り物だった。レコードを買った後、ミルトンは三日間タバコを吸うことができなかった。未亡人の母親は彼に一日一リラを渡し、彼はそれをすべてタバコ代に充てていた。レコードを持っていった日、ふたりはそのレコードを二十八回かけた。「どう?」と彼は訊ねた。顔面はひきつり、不安のあまり暗くなった。なぜならば、本当の質問は「好き?」というはずだったからである。「ほら、またかけているじゃないの」と彼女は答え、それから「気が遠くなってしまうほど、気に入ったわ。終わったときには、本当に何かが終わってしまったような気がするわね」と言った。それから数週間後に、彼は訊ねた。「フルヴィア、特に好きな歌はひとつあるかな」。「そうねえ、三つ、四つあるわ」。「それはもしかして?……」。「たぶん、そう、あら大変、そのとおりよ。本当に優しい曲だわ。死ぬほど好きよ、だけどほかにも、三つ、四つあるわ」

管理人の女性が近づいてきた。足音とともに寄木張りの床板が不自然に軋むような音をたて、恨みがましいような、悪意にみちたキーキーという音が伝わってくる。まるで床板が目覚めさせられるのを嫌がっているようだ、とミルトンは想像した。急いでポーチの下に行き、小さな階段の角で、泥だらけの靴の汚れを交互に落とした。女が明かりのスイッチをつけ、なんとか鍵を開けようとしている音が聞こえてくる。まだ靴の汚れを落としている最中だった。

ドアが少し開かれた。「お入りください。さあ、はやくお入りください」

「だけど、床が……」

「あら、床なんて」と彼女は言った。そんなことはどうでもいいのに、と思っている人の優しさのようなものが感じられる。それでも彼が泥を落とすのを待ちながら、呟いた。「ずいぶんたくさん雨が降りましたね。農家の人が、まだまだ降るだろうと言ってますよ。こんなに雨ばかりの十一月は私にも初めてでした。あなた方パルチザンはいつも外にいて、どうやって服を乾かしているんでしょう」

「着の身着のままで」とミルトンは答えた。まだ室内に視線を向ける勇気が湧いてこない。

「もう充分でしょう。さあ、お入りください。いいから、お入りください」

女がスイッチを入れたのは、シャンデリアにたったひとつ残されていた照明だった。光が反射することもなく寄木細工のテーブルに落ち、周囲の暗がりのなかで、肘掛椅子とソファの白いカヴァーがまぼろしのように浮かびあがっている。

「お墓に入るような気がしませんか」

彼は痴呆のような笑いを浮かべた。極めて真剣な思いを秘め隠しておかなければならない人のようだった。ここが世界で一番光り輝いている場所であり、自分にとってはここそが生命と再生の場所であるとは、どうしても言うことはできなかった。

「こわいですね」と女は静かな口調で話しはじめた。

彼は管理人の女のことなど念頭になかった。おそらく声も聞こえていなかっただろう。目の前に浮かびあがっていたのは、ソファのお気に入りの場所に腰を下ろし、頭をわずかに後方に傾け、きらきらと光り輝く重そうな三つ編みの片方をソファの外に垂らしているフルヴィアの姿だった。彼自身はソファの反対側の角に座っていた。長く細い足を前方に投げ出して、いつまでも、何時間も、彼女に話し続けていた。彼女は注意深く耳を傾けていたので、ほとんど息ひとつしていなかった。まなざしはほとんどいつも彼から遠く離れていた。瞳はいつもすぐに涙で覆われていた。それ以上涙を押しとどめることができなくなってしまうと、さっと顔を横に向けて、逃れ去るように、悲しみに逆らっていた。「やめて、もうよして。もう私に話をしないで。あなたは私を泣かせてしまう。あなたの言葉はとても美しいけれど、私を泣かせるだけで、それしかできないのね。あなたは悪い人だわ。こんなふうに私に話しかけて、そんなお話を見つけ出してはいろいろと語ってくれるけれど、それは私が泣き出してしまうのを見るためなんだわ。だけど違う、あなたは悪い人じゃない。ただ、あなたは悲しいのよ。それだけじゃなくて、あなたは暗いのよ。あなただって、少なくとも一緒に泣いてくれなくちゃ。あなたは悲しくて、醜いんだわ。だけど私は悲しくなりたくない、あなたとは違うの。私は美しくて、明るいのよ。そうだったのよ」

「私は心配しているんです」と管理人の女は言っていた。「戦争が終わっても、フルヴィア様はもうここには戻ってこられないんじゃないかしらって」

「きっと戻ってくる」

「そうでしたら嬉しいんですけれど、でも多分戻られないでしょう。戦争が終わったら、お父様はすぐにでも別荘を売り払っておしまいになるでしょうし。なにもかもフルヴィア様のためだけに、疎開先として購入されていたんですから。こんなご時世になっても、このあたりに買ってくれる人が見つかっていたら、もうとっくに売却されていたことでしょうね。私は本当に、もうこの丘の上でお嬢様にお会いすることはないんじゃないかしらって思っているんです。フルヴィア様は海に行かれるでしょう。戦争が始まる前、毎年夏に海に行かれていたように。あの方は本当に海に夢中でしたから。お嬢様がアラッシオのお話をするのを私は何度も何度も聞いておりました。あなた様はアラッシオにいらしたことはおありですか」

ミルトンはアラッシオに行ったことはなく、そのような場所に警戒の念さえ抱いていなかったが、それがいま一瞬にしてアラッシオを憎み、戦争によってアラッシオが、フルヴィアが訪れることも、たんに行ってみたいと願うことさえもはやできなくなってしまうことを心から願った。

「フルヴィア様のご両親はアラッシオに家をお持ちなのです。憂鬱になられたり、うんざりされてしまったようなとき、お嬢様はいつもアラッシオの海の話をしておいでてした」

「彼女はきっと戻ってくる」

突き当りの壁を背に暖炉のわきに置かれている小さなテーブルのところに近づいていった。わずかに前かがみになり、指先でフルヴィアのレコード・プレーヤーの形をなぞってみた。『オーヴァー・ザ・レインボウ』『ディープ・パープル』、『アイ・カヴァー・ザ・ウオーターフロント』、チャーリ・クンツのピアノ演奏、そして『オーヴァー・ザ・レインボウ』、『オーヴァー・ザ・レインボウ』。

「あのグラモフォンは大活躍でしたね」と女は片手を動かしながら言った。

「本当に」

「ここではよく踊っていましたね、やりすぎるくらいに。だってダンスはたとえ家族のなかでも厳しく禁止されていたんですから。私が何遍ここに入ってきて、静かにするように、外に、丘全体に聞こえてしまうからって言わねばならなかったか、覚えていらっしゃいますか」

「よく覚えている」

「だけど、あなた様は踊られませんでしたね。あら、私の間違いでしょうか」

そのとおり、彼は踊らなかった。たとえ練習のためでさえ、踊ろうとしたことは一度もなかった。ほかの人たち、フルヴィアとパートナーが踊るのを見つめ、レコードを取り替え、プレーヤーのゼンマイを巻いていた。彼が果たしていたのは機械係の役割である。そう言い出したのはフルヴィアだった。「目を覚まして、機械係！　頑張って、機械係！」。フルヴィアの声の響きは文字通り快いものではなかったが、彼はその響きのために、あらゆる人々、あらゆる自然の声に対して、いつでもすぐに耳を閉ざしていた。フルヴィアが一番頻繁に踊っていた相手はジョルジョ・クレリチだった。ふたりはレコード五、六枚分を続けざまに踊り、レコードを取り替えるあいだもほとんど離れようとしていなかった。ジョルジョはアルバで一番の美男子で、一番裕福で、もちろん一番お洒落な若者だった。アルバにはジョルジョ・クレリチと似合いになれるような娘はひとりもいなかった。トリーノからフルヴィアがやってきて、完璧なカップルが誕生した。彼は琥珀色のブロンドで、彼女の髪はマホガニーがかった栗色だった。フルヴィアはダンサーとしてのジョルジョに夢中になった。「彼の踊りって最高なの He dances divinely」と断言し、一方、ジョルジョは彼女について「あの子は……とても言葉では言い表せない」と言い、それからミルトンに向かって「君だって、言葉についてはたしかにすごいものがあるけれど、でもうまく言えないいんじゃないかな」と言った。ミルトンはジョルジョに向かって笑いかけた。笑い声も出さず、物静かに、落ち着いて、優しい表情を浮かべていた。ジョルジョとフルヴィアは踊りながら、言葉を交わすことはけっしてなかった。ジョルジョ、君はフルヴィアと踊っていいんだよ。君が得意なこと、君にしかできないわずかなことをしていいんだよ。ただ一度だけ、ミルトンは苛立ったことがあった。フルヴィアが踊りのためのレコードのなかから『オーヴァー・ザ・レインボウ』を外しておくのを忘れたときだった。休憩のときにミルトンはそのことをフルヴィアに指摘し、フルヴィアはすぐにまなざしを下げて呟いた。「あなたの言うとおりね」

しかしある日、ふたりきりだったとき、フルヴィアは自分の手でゼンマイを回し、『オーヴァー・ザ・レインボウ』をかけた。「さあ、私と踊るのよ」。彼は「ノー」と答え、ほとんど叫び声を上げたほどだった。「習わなくちゃダメ、絶対に。私から、私のために、さあ」。「僕は習いたくない……君から」。しかしフルヴィアはすでに彼の手を取り、広い空間に連れて行き、そうしながら踊りはじめていた。「ノー」と彼は抗議したが、すっかり動揺してしまっていたので、身をくねらせて逃れようとすることさえできなかった。「それに特にこの歌じゃいやだよ」。しかしフルヴィアはミルトンを離さず、彼はつまずいて彼女の上に倒れかからないように気をつけねばならなかった。「覚えなきゃ駄目――と彼女は言った――私がそう望んでいるのよ。私はあなたと踊りたいのよ。わかる？　何も言ってくれない男の子たちと踊るのはもうたくさん。私はあなたと一度も踊っていないことにもう我慢ができないのよ」。それから突然、ミルトンが仕方なしにフルヴィアに従おうとしたとき、彼のそばを離れ、彼の両手を彼の身体に向けて乱暴につき返した。「リビアに行って死んでしまえばいいのよ――そう言ってソファに戻っていった――あなたはカバよ、痩せたカバだわ」。しかしそのすぐ後で、ミルトンはフルヴィアの手が自分の肩に軽く触れ、彼女の息が首筋に流れるのを感じた。「本当に、あなたは背筋を伸ばすように、もっと気をつけなくちゃ。あなたは猫背だから、それもちょっと極端だわ。本当に背筋を真っすぐにするのよ。そのことをもっと意識するのよ、わかった？　さあ、もとに戻って座りましょう。そして私にお話をして頂戴」

彼はクリスタル・ガラスのわずかなきらめきに誘われて、ブックケースに近づいていった。そこがほとんど空っぽで、せいぜい十冊ほどの本が忘れられ、置き去りにされているだけだということはすでに気づいていた。彼は書棚の上に身をかがめたが、すぐにみぞおちに激しいカウンターパンチを食らったかのように、姿勢をもとに戻した。顔面は蒼白になり、息ができなかった。おろそかにされていたそれら数冊の本のなかに、自分が二週間ものあいだ経済的な不自由を忍んでフルヴィアに贈った、『ダーバヴィル家のテス』を見つけたからだった。

「持っていく本と置いておく本を選んだのは誰だ、フルヴィアか」

「そうですよ」

「本当に彼女が？」

「もちろんですとも――と管理人の女は言った――本に興味がおありなのはお嬢様だけですから。お嬢様がご自身で本を手にして荷造りされたんです。ですけど、もっと気にかけていらしたのは、なによりも蓄音機とレコードでした。ご本のほうは、ご覧のとおり、何冊か置いておかれましたけれど、レコードは一枚も残されておりません」

ドアのところの四角い空間のなかに、イヴァンの顔が現れた。月のように丸く、青ざめ、浮き上がっている。

「どうした？」とミルトンは訊ねた。「あいつらが登ってきたのか」

「そうじゃない。しかし行こう。もう時間だ」

「あと二分、二分待ってくれ」

顔をしかめ、ため息をついて、イヴァンは顔をひっこめた。

「あなたにも、あと二分許していただきたい。もう二度とお騒がせするつもりはありません。戦争が終わるまで、ここに来ることはないでしょう」

女は両腕を拡げた。「お気になさることはありません。危険さえなければ。私はあなたのことはよく覚えています。私がすぐにあなたに気づいたことはおわかりになりましたでしょう。申し上げますが……あのころ、あなたがお嬢様にお会いに来て下さるのが、私には嬉しいことでした。ほかのどのお友達がいらしたときよりもです。あのクレリチお坊ちゃまよりもです、正直に申し上げて。そういえばクレリチお坊ちゃまにはもう一度もお会いしておりません。あの方もパルチザンになられたのでしょうか？

「そう、僕たちはいつも一緒だ。一緒だった。しかし、最近、僕はほかの部隊に移動になった。でもどうしてあなたはジョルジョよりも僕のほうがよかったなんて言うんですか。もちろん、訪問客として」

女は返事をためらい、口にしたばかりの言葉を取りさげるか、少なくともその意味を弱めようとして、小さな身振りを示した。しかしミルトンは「言ってください。どんなことでも」と固執した。体内の全神経が張りつめていた。

「今度クレリチお坊ちゃまにお会いしても、こんなことは言わないでくださいね」

「クレリチお坊ちゃまは――と、女はそこで言葉を続けた――私を不安にし、私を怒らせたこともありました。こんなことを申し上げるのも、私はあなた様を尊敬しているからです。あなた様はとても真面目なお顔の若者でいらっしゃいます。おかしなことを言うようですが、私はあなた様のように真面目なお顔をした若者にいままで出会ったことがありません。おわかりでしょうか。私は取るに足らない、つまらない女で、別荘のただの管理人にすぎませんが、それでもフルヴィア様のお母様は、お嬢様をここにお連れになられたときに、私に頼まれたのです。お願いされたのです……」

「家庭教師のような役割も」とミルトンは、それとなく言葉を補った。

「そのとおりでございます。家庭教師というのは、少し言いすぎかもしれませんが。そこで私は、お嬢様の身の回りに起こることに多少は注意しなければならなかったのです。おわかりですよね。あなたがいらしたとき、私は安心でした。とても安心でした。あなた方はいつも何時間もお話しておいでてでした。というよりも、あなたがお話をされて、フルヴィア様は聞いておられました。そうではなかったでしょうか」

「そのとおりだ。そのとおりだった」

「一方、ジョルジョ・クレリチ様がおいでのときは」

「そのときは」と彼は言った。舌がからからに乾いていた。

「この間のことですが、つまりこのあいだの夏、四三年の夏です。あなた様はもう兵士になられていたと思いますけれど」

「そうだ」

「あの頃、あの方は本当に頻繁にいらしていました。それもほとんどいつも夜でした。率直に申し上げて、そんな時間に来られることが私には心配でした。あの方は公共の乗り物を利用されていました。いつも市役所の前に留まっていたあの乗り物を覚えていらっしゃいますか。あの黒い素敵な車体を。それにあのおかしなガス発生装置がついていましたね」

「覚えている」

女は頭を振った。「おふたりが話をしているのを私は聞いたことがありません。私は聞き耳を立てていました。そう言っても、少しも恥ずかしくはありません。それが私の務めだったのですから。でもいつも静かでした。まるでおふたりがいらっしゃらないかのようでした。それで私はまったく安心することができませんでした。でもこんなことは、けっしてお友達に言わないでくださいね。お願いします。おふたりは遅くまで一緒におられるようになりました。会われるたびに、ますます遅くなっていきました。それでも、もしも家の外の、ここのサクランボの木の下にいつもいらしたならば、私はあんなに心配することもなかったでしょう。ですけれど、おふたりは散歩に出かけられるようになりました。丘の尾根のほうに向かわれていたんです」

「どっちのほうだ？　どっちのほうに向かっていった？」

「なんですって？　ああ、そうですね、あっちだったり、こっちだったりでしたが、でも一番よく向かわれていたのは、川のほうでした。つまり、この丘が川に向かっているほうです」

「わかった」

「私はもちろん起きていて、お嬢様をお待ちしておりました。ですけれど、おふたりはお会いになられるたびに、ますます遅く戻っていらっしゃるようになっていきました」

「何時くらい？」

「十二時だったこともあります。私はフルヴィア様にご注意申し上げねばならないところだったのですが」

ミルトンは激しく頭を振った。

「でも本当に、そうすべきだったんです——と女は言った——でもどうしても勇気がでませんでした。私はお嬢様に気後れしていたんです。年齢の差を考えれば、私の娘であってもおかしくなかったのですが。そのうちとうとうあの方はある晩、それもほとんど夜になってから、ひとりで戻ってこられました。ジョルジョ様がどうしてご一緒でなかったのか、私にはわかりません。もうとても遅くて、十二時を過ぎていました。丘のどこからもコオロギの鳴き声ひとつ聞こえていなかったことを、覚えています」

「ミルトン」と、イヴァンが外から口笛で合図を送ってきた。

ミルトンは振り返りさえしなかった。頬の上が引き攣っただけだった。

「それから？」

「それからって？」

「フルヴィアと……彼だ」

「ジョルジョ様はもう別荘に来られることはありませんでした。反対にお嬢様が出かけておいででした。約束をされていたのです。ジョルジョ様は五十メートルほど離れたところで、生垣を背にして身を隠していました。それでも私は用心していましたので、あの方の姿を見ていました。あの方であることはブロンドの髪の毛からもはっきりしていました。あの頃の夜、月は煌々と輝いていました」

「で、そんなことはいつまで続いたんだ」

「そう、去年の九月上旬あたりまででした。それから休戦になり、ドイツ軍との大混乱が起こり、フルヴィア様はお父様とご一緒にここを出ていかれました。それで私は、お嬢様のことは大好きでございましたが、嬉しかったのです。本当に気が気でならなかったものですから。おふたりがおかしなことをしていたと申し上げているわけではありませんが……」

ミルトンはこの瞬間、ずぶ濡れになったカーキ色の軍服に身を包まれたまま、小枝のようにぶるぶると震えはじめた。カービン銃が肩の上で跳ねあがり、顔面から血の気が失われ、口はなかば開かれたまま、舌は膨れあがり乾ききっていた。不意に咳に襲われた振りをし、声を出せるようになるまでの時間を稼いだ。

「だけど、教えてくれ。フルヴィアは正確にいつ出ていった」

「正確には九月十二日でした。お父様は田舎のほうが大きな都会よりはるかに危険になることをすでにわかっておいでででした」

九月十二日——とミルトンはオウム返しに口に出した。一九四三年九月十二日、おれはどこにいたんだ？　大変な努力を払って彼は思い出した。リヴォルノで、駅の便所に閉じこもっていた。三日前から何も食べていなかった。惨めにも人から施してもらったぼろ着姿だった。空腹による衰弱と便所の悪臭のせいで、いまにも気を失いそうになり、おれは通路に顔を出し、ズボンの前を止めようとしていたあの機関士に出くわした。「どこから来た、軍人のようだが」と機関士はささやくような声で訊ねた。「ローマから」。「で、おまえの家は?」。「ピエモンテだ」。「トリーノか」。「その近くだ」。「わかった。ジェノヴァまで連れて行ってやれる。出発は三十分後だが、いますぐおまえを石炭置き場に隠しておこう。あとで煙突掃除人みたいになっても、全然かまわないだろ?」

「ミルトン!」とふたたびイヴァンが彼の名を呼んだ。前回ほどさし迫った様子ではない。それでも管理人の女は恐怖で震えあがった。

「本当に、もう行かれたほうがいいんじゃありませんか? 私まで怖くなってきました」

機械的に身体の向きを変え、ドアに向かっていった。管理人に丁寧に別れの言葉を告げねばならないということが、全身が押しつぶされてしまうような大仕事になって、身体中にのしかかっていた。両目を閉じて言った。「本当にご親切でした。それにあなたはとても勇気がおありでした。なにもかも本当にありがとう」

「お礼にはおよびません。ここであなた様にお会いできて、とても嬉しかったです。そんなにたくさん武器を持ってはいらっしゃいますが」

ミルトンは最後の一瞥をフルヴィアの部屋に投げかけた。入ってきたときは、新たな刺激と力を求めていたが、出ていくときはなにもかも奪われ、全身が破壊されていた。

「もう一度、ありがとう。なにからなにまで。さあ、ドアを閉めてください、いますぐ」

「危険なことがたくさんあるんでしょう?」女はふたたび訊ねた。

「いや、それほどでもない」と彼は答え、肩の上でカービン銃の位置を正した。「いままで僕たちは運がよかった。とても幸運だった」

「最後まで、そうでありますように。そしてもちろん、最後はあなた方が勝たれるんですよね?」

「もちろん」と彼は答え、サクランボの木の小道のほうへ大急ぎで向かい、イヴァンの目の前を一瞬にして走りすぎて行った。

3

ふたりがトレイソに戻ってきたのは六時頃だった。通りは足元でおぼろげになり、一日の最後の薄明かりが、雨で斜面に固定されていたいくつもの灰色の霧の塊のなかに集まっているようだった。

それでも歩哨は遠くから気がつき、ふたりの名前を呼びながら、検問所の横木をくぐって近づいてきた。まだ十五歳になったばかりの若者で、ジレーラといい、太っているが、身は引き締まり、身長は持っているカービン銃よりわずかに高いくらいである。

ふたりは戻ってきた。鐘楼が六時を告げていたが、ミルトンにとって響きはいつもと違っていた。ふたりは戻ってきた。その時期の極端な湿気のなかで、村の家畜小屋はこれまでにない悪臭を放ち、路上では牛の糞が溶けだして、道の両側で黄色っぽい流れになっている。ふたりは戻ってきた。ミルトンはイヴァンの二十メートルほど(訳注：torenta passi・un passoを約七十センチとして計算し、おおよその距離をメートル法で記している)前方を進みながら、さらに歩幅を拡げてスピードを上げ、一方イヴァンは疲労のあまり足元がふらついていた。

「ミルトン」とジレーラは声をかけた。「アルバで何かおかしなことはなかったか」

ミルトンは返事を返さず、村の奥にある小学校のほうへ足を速めていった。部隊長のレオはそこにいるはずである。

「ジレーラ」とイヴァンは喘ぎながら訊ねた。「今晩の飯は知っているか」

「もう聞いている。肉とヘーゼルナッツ一握りほど。パンは昨日のだ」

イヴァンは道を横切り、公共斤量所の小屋の前で、丸太の上にへなへなと倒れこんだ。それから頭を壁に凭せて左右に揺り動かした。漆喰がくずれ、頭髪にふけのようにふりかかっている。

「どうしたんだ、イヴァン、そんなに息を弾ませて」

「ミルトンのせいだ」とイヴァンは答えた。「ミルトンは道路の殺し屋だな。おれたちは時速百キロで帰ってきた」

若者は興奮した。「あいつらが後ろにいたのか」

「とんでもない。あいつらがいてくれたらどれほどよかったことか。こんなに急ぐこともなかっただろう。まったくの話」

「じゃ、どうしたんだ?」

「おれをほっといてくれ」とイヴァンは乱暴に言った。

戻ってきたときのことを説明するには、ミルトンの気の狂ったような、奇怪な行動に触れないわけにはいかないだろう。そんな話をジレーラにしたら、噂は部隊中にひろがり、もちろんミルトンの耳にも入るに決まっている。ミルトンは直接おれに腹を立てるだろう。ところでイヴァンが尊敬したり恐れたりしている大学生などほとんどいなかったが、ミルトンはそんなわずかな大学生のひとりだった。

「なんだって？」とジレーラは、イヴァンの返事が信じられずに問い返した。

「ほっといてくれ、と言ったんだ」

ジレーラはすっかり気分を害して検問所に戻り、イヴァンは英国のタバコに火をつけた。身体を折り曲げるほど、咳の発作に襲われるような気がしていたが、煙はすんなりと咽喉を通りすぎていった。「畜生め！――と彼は内心呪いの叫びをあげた――でもいったい何があったんだ。あいつはあの別荘からロケットのように飛び出し、そしてロケットのように、道をどこまでも走り抜けていった。おれはあいつの後ろで、脾臓がいまにも爆発しそうになるのを堪えながら、何もわからず、あいつをほおっておくわけにもいかなかった。本当ならあいつをほおっておいて、脾臓を爆発させることもなく、帰ってくることだってできたはずだ」

ジレーラは検問所の横木に凭れながら、横目でイヴァンを見つめ、片足で地面を叩いていた。イヴァンは顔を逆の方向に捻じ曲げた。「だけど、いったい何があったんだ？　あいつは確かに気が狂ってしまったか、だいたいそのようなものだった。だけどあいつは、いつもきちんとした若者だったし、それ以上にほとんど冷たいくらいだった。おれは見たことがある。レオでさえ頭がおかしくなりそうだったときにも、あいつは冷静だった。あいつはまともすぎるくらいの若者だった。だけどあいつだって大学生だ。大学生っていうのは誰だって少しくらいおかしいものだ。おれたちのような凡人のほうが、はるかに足が地面についている」

大気が低いところで振動し、大粒の雨滴がまばらに落ちてきた。

「また雨だ」とイヴァンが大きな声で言った。

ジレーラは答えなかった。

「おれはキノコになってしまったようだ」とイヴァンは言い続けた。「まったくもって、全身にカビが生えてくるようだぜ」

ジレーラは肩をすくめ、斜面に視線を向けた。そのとき雨がやんだ。

イヴァンはふたたび考えはじめた。タバコが指のあいだで灰になってしまう前に、大急ぎで吸った。「あいつに何があったのか、おれにはわからない。あの金持ちの家で何を見、何を聞いたのか。あの年増女はいったい何を言ったんだろう」。吸殻を投げすて、それから頭の耳の上のところをぼりぼりと激しく掻きむしった。「あのばばあめ！　ミルトンのところにいったい何を言いに行ったんだ？　いまの時世を考えてみれば、何も言わなくたってよかったはずじゃないか。いったいあのばばあはなんて言ったんだろう。誰だってすぐに、女が絡んでいると思うだろう」。しかしそう思いながら、内心では不信と軽蔑の念に駆られてせせら笑っていた。「まったくのところ、女のことで頭がどうかしてしまうには、うってつけの時世と場所だぜ。ミルトンみたいに真面目なパルチザンが。女だなんて！　しかもいまどき！　笑わせるぜ。女にはうんざりだ、女が可哀そうになってしまうくらいだ。だけどきっと、以前の生活のことなんだろう。そんな昔のことを思い出すなんて、良いことよりも悪いことが多いに決まっている。いまのおれたちの生活と仕事を考えてみれば、おれたちはちょっとしたことでもどうかしてしまうんだ。過去の話なんて、後でいい。後でいいんだ」

「風だ」とジレーラは告げた。冷静な口調で、もうすねている様子はない。

「そうか」とイヴァンは、声に感謝の思いのようなものをこめて言った。丸太の上で身を縮こませ、両腕を交差させ、両手を肩甲骨の上にあてた。

風はアルバの方角から、大きく、低く、強く吹きつけている。

またそれ以上に、もっと深刻な別の問題があった、とイヴァンは考えつづけた。ラン・ロッコの橋に仕掛けられていた地雷のことだ。ミルトンはすっかり動顚していたから、もう少しのところで橋を渡ってしまったのではないだろうか。地雷が仕掛けられていることくらい、誰だって知っていた。植物にだって石にだってわかっていた。村落に着く少し前のところで、イヴァンはミルトンから百メートルほど離され、道の上にせりあがっていた崖のせいで、相棒の姿を見失っていた。橋についての不安が突然心に閃いたのはまったくの偶然だったが、それからイヴァンは、脾臓の痛みがすでに皮膚を貫くほどであったにもかかわらず、上り坂を一気に駆け上がり、道端の崖の上に辿りつき、橋に向かってロボットのように盲目的にまっしぐらに坂を下っていたミルトンの姿を、かろうじて目にすることができた。ミルトンは橋の欄干から十五メートルほど手前のところだった。イヴァンはミルトンの名前を呼んだが、ミルトンは振り返らなかった。イヴァンは発音も不明瞭になってしまうほど絶叫し、このときは激しい不安に突き動かされ、また口のまわりに手を当てて音を拡大させていたおかげで、ミルトンの名前は向かい側の丘にまで確実に届いていた。ミルトンははっと立ちどまった。背中に弾丸を打ち込まれたような感じだった。それからゆっくりと振り返った。イヴァンは崖の端に立ち、二度、三度、小さな橋を指さし、額の前で腕を大きく左右に振った。橋には地雷が仕掛けられている、おまえは気でも狂ったのか？　ミルトンはようやく頷いて了解の合図を返し、橋の下流に下り、岩の上を伝って急流を渡っていった。それからあいつはお礼を言うためにおれを待っていてくれただろうか？　急流の向こうに辿りつくと、ミルトンはふたたび脱兎のごとく走り出し、イヴァンは彼に向かって、背後からステンガンを連発したいくらいだった。

イヴァンは丸太から立ち上り、尻に手を当て、ズボンの後ろ側がすり減っているという以上に、ずたずたになってしまっていることに気づいた。村の中心部に向けて耳を澄まして言った。「だけどこの陰気な静けさはなんなんだ、ジレーラ、ほかの連中はどうした？」

「ほとんど全員、川を見に行ってしまったよ」。若者はふたたび不貞腐れた声になって答えた。「川が増水して、一見の価値があるそうだ」

「大げさな」とイヴァンは言った。「おれとミルトンは二時間前にアルバで川を見ている。水量は増えていたが、まだそれほどじゃなかった」

「多分、この辺は川幅が狭いので、それだけ水面が膨れあがって見えるんだろう」

「誤解のないように言っておくが――とイヴァンは言った――おれは増水しないことを願って

いるわけじゃない。できれば氾濫してほしいくらいのものだ。そうなれば、少なくとも川の方面は安心していられる」

怒り狂ったような足音が響き、それからすぐに止んで、急な坂の上にミルトンの姿が現れた。全身に突風が吹きつけているが、ずぶ濡れの軍服はピクリともしない。レオを探していたが、司令部にはいなかったという。

「午後はずっといたけど——とジレーラは答えた——僕に何がわかるってんだ？　きっと医者の家にロンドン放送を聞きに行ったんだろう。そう、医者の家に行ってみるといい」

道々、ミルトンはロンドン放送の時間と長さを計算し、レオはすでに医者の家を後にして、真っすぐに司令部に戻っていると判断した。

思ったとおり、レオはちょうど帰ってきたところだった。カーバイドランプに点火し、バーナーを調節している。

レオは教壇の後ろに立っていた。教壇はもとの場所に残されていたただひとつの家具で、生徒たちの机はすべて部屋の隅に積みかさねられている。

ミルトンは敷居をわずかに跨ぎ、光の届く範囲のぎりぎりの場所で立ちどまった。

「レオ、明日、外出の許可を与えてほしい。半日でいい」

「どこに行く用がある？」

「マンゴだけだ」

レオは大急ぎで光の量を増やした。いま、ふたりの影は生きているように天井に届いている。

「どうしたんだ、もしかして以前の部隊が懐かしくなったのか？　この未熟者だらけの集団に、おれをひとり残しておく気になったんじゃないだろうな？」

「余計な心配だ、レオ。僕は君と一緒に戦争を終えると、文書に署名したっていいと言ったじゃないか。それにはなんの変わりはない。僕はマンゴまでひとっ走りして、ある奴と話をしたいだけだ」

「おれの知っている奴か」

「ジョルジョ、ジョルジョ・クレリチだ」

「そうか、親友だったな、君とジョルジョは」

「僕たちは一緒に生まれた――とミルトンは小さな声で言った――じゃ、行ってもいいな？　昼には戻ってくる」

「晩までに戻ればいい。明日、おれたちはあいつらに放っておかれて、退屈なことだろう。まだしばらくはこんな状態が続くはずだ。やってくるにしたって、あいつらの標的はアカ(ガリバルディ隊)だ。だいたいあいつらは変わりばんこに攻めてくる。前回やられたのはおれたちだった」

「明日の昼には戻ってくる」とミルトンは意地になって言い、引き下がろうとした。

「ちょっと待ってくれ。アルバについての情報は？　何もないのか？」

「実際、変わったところは何もなかった――ミルトンは、レオのそばに戻らずに答えた――環状道路で一度パトロール隊を見かけただけで、それ以外には何もない」

「正確にはどの地点だ？」

「司教館の庭のあたりだ」

「なるほど——レオの目はアセチレンの火炎を受けて白く輝いていた——それで、どこに向かっていた？　新しい広場のほうか、発電所のほうか？」

「発電所のほうだ」

「そうか——とレオは苦々しい声を出した——おれはつまらないことにこだわっているわけじゃない、ミルトン、ただおれは自分をいじめているんだ。本当に、おれは気が狂うほどアルバが好きなんだ。おれはいつもアルバがおれたちの部隊の中心だと考えていた、そのせいで……だから、大目にみてくれ、おれは君の生まれた町が、心の底から好きなんだ。だから、必要なんだ、どうしても知らずにいられないんだ。どこで、いつ、どんなふうに、やったらいいのか……。だけど、どうしたんだ。神経痛か？」

「なにが神経痛だ——とミルトンは反射的に声を荒げた。ふたたび気持ちは動顚し、表情には依然として苦し気な歪みが生まれている。

「なんて顔をしていたんだ！　仲間の多くは歯の痛みに悩んでいる。きっとこのとんでもない湿気のせいだろう。ほかには何を見た。ケラスカ門に最近作られたトーチカは見てきてくれたんだろう？」

ミルトンは内心、《もう我慢できない——と考えた——これ以上おれに質問するようだったら、おれは……おれは……！　だけど相手はレオじゃないか。レオなんだ！　もしほかの奴らだったら。本当のところ、おれにはもう重要なことなど何もない。突然、なくなってしまった。戦争も、自由も、仲間たちも、敵たちも。ただ本当のことを知りたいだけだ》

「トーチカだが、ミルトン」

「見てきた」とミルトンはため息をついた。

「それで、どうだった？」

「うまく作られているようだ。大通りを見渡している。それだけじゃない、川に向かって、開かれた平地も見下ろしている。わかるだろ、製材所とテニスコートのほうだ」

フルヴィアはそのテニスコートでジョルジョとプレーしていた。いつもシングルだった。ふたりの姿は赤いコートを背景にして天使のように白く際立っていた。試合の前、ジョルジョはコートにルーラーをとりわけ丁寧にかけさせ、散水させていた。ミルトンはベンチに腰を下ろし、フルヴィアに頼まれた点数の計算を忘れたり、間違えたりしていた。座っていても居心地はよくなく、長い足の位置をたえず変え、ポケットのなかで拳を握りしめてはズボンを膨らませ、貧相な太腿の形をごまかそうとしていた。飲み物を買う金もなかったので、何かすすりながら平静を装うこともできず、タバコは一本しか残っていなかったが、これは欲求が限界に達するまでとっておかなければならなかった。もうひとつのポケットの奥に入っていた紙切れには、イェーツの詩

の訳が記されていた。《あなたが年老いて、白髪まじりとなり、眠りに満ちて……》

「具合でも悪いのか？——とレオは悲しげに不満を堪えながら言った——以前はテニスをしていたのかと、訊いているんだが」

「いや、いや——とミルトンは急いで答えた——金がかかりすぎる。自分に向いているスポーツだという気はしていたが、とにかく高すぎる。ラケットを買うだけでも良心が咎めただろう。だからバスケットにした」

「立派なスポーツだ——とレオは言った——完全に英米のものだ。ミルトン、バスケットをしている者がファシストであるはずはないなんて、その頃、そんな気がしたことはないか」

「なるほど、そう言われてみれば」

「でおまえは、上手だったのか？」

「僕は……まあまあだった」

今度はレオも満足だった。ミルトンはドアのほうに引き下がり、昼には戻ってくると繰り返した。

「晩でいい——とレオは言った——それから、つまらないことだが、今日は僕の三十歳の誕生日だ」

「それはレコードだな」

「ということはつまり、明日死んだって、恥ずかしい年寄りになってから死んだってことか」

「いや、本当のレコードだ。だから《いいことがありますように》じゃなくて、ただ《おめでとう》と言うよ」

外では風が弱まって、そよ風程度になっていた。木々はもうざわめくことも、雨滴を垂らすこともなく、葉群がわずかに揺れ動くくらいで、快い調べを奏でている。調べはしかし、耐えられないほど悲しかった……《*Somewhere over the rainbow skies are blue, / And the dreams that you dare to dream really do come true* 虹のかなたのどこかで、空は青い。あなたが思いきって夢見る思いは、いつかきっとかなう》

村のはずれで犬が吠えたが、わずかなあいだだけで、鳴き声は怯えていた。陽はみるみると翳っていったが、尾根の上にはまだ銀色の光の帯がとどまっている。空を縁どっているというよりも、丘そのものから光が発せられているような気がする。

ミルトンはトレイソとマンゴのあいだの高原のほうに視線を向けた。それが明日の道程だった。視線は大きな一本の孤独な木にひきよせられた。急速に錆色に変わっていく銀色の光の帯のなかで、木はひっくりかえされたドームのような姿を鮮明に浮かび上がらせている。「もしあれが本当のことだったら、あの木の孤独など、僕の孤独にくらべて、ただの冗談にすぎないだろう」。それから誤ることのない本能に導かれて、トリーノの位置する西北の方角に身体の向きを変え、声に出して言った。「僕を見てくれ、フルヴィア。僕がどれほど苦しんでいるか、わかってくれ。あの話が本当ではないと、僕に教えてくれ。僕にとっては、どうしても本当のことであってはならないのだ」

明日、なんとしてでも僕は知るだろう。かりにレオが許可してくれなかったとしても、勝手に暇をとり、やはり部隊を抜け出して、道々、歩哨たちを避けながら、彼らを罵っていただろう。明日までの辛抱だ。明日までには、これまでの人生のなかで最も長い夜が横たわっている。だけど僕は明日には知るだろう。もうこれ以上、知らずに生きていくことなどできないし、とりわけ知らずに死ぬことなどとうていできない。いまの時代、自分のような若者たちは、生きる以上に、死ぬ運命に置かれているのだ。本当のことを知るためなら、僕はなにもかも諦めるだろう。本当のことを知ることと、創造の神秘を解き明かしてくれることとのあいだで、どちらを選ぶかと訊かれたなら、僕はもちろん前者を選ぶだろう。

「もし本当だったら」という思いは、あまりにも恐ろしかったので、彼は両目を手で覆った。激しさのあまり、まるで自分の目を自分で潰そうとしているかのようだった。それから指を遠ざけ、指のあいだから、完全に真っ暗になった夜の闇を見つめた。

仲間たちは全員、川から戻っていた。その日の夜、みんなは異様に静かだった。彼らのなかのひとりが教会の身廊に横たえられ、埋葬を待っているかのようだった。彼らが眠っていたいくつのも部屋から聞こえているざわめきは、田舎の人々の家から聞こえてくるざわめきよりも小さかった。声をあげたのは調理人だけだった。

仲間たち、自分と同じ道を選択し、同じ場所に集まり、それぞれ同じ理由から笑ったり泣いたりしている若者たち……ミルトンは頭を振った。今日、僕は突然、君たちと同じ行動をとることができなくなってしまった。半日か、一週間か、ひと月か、とにかく知ることができるようになるまで。それさえできれば、たぶん僕はもう一度、仲間たちのために、ファシストを相手に、自由のために、何かすることができるだろう。

苦しいのは明日まで持ちこたえることだ。夜、食事はとらなかった。できればすぐに眠ってしまいたかった。何か暴力的な手段に訴えてでも、自分を無理やり眠らせてしまいたかった。どうしても眠れなかったならば、僕は一晩じゅう、村を駆けずりまわり、次々と絶えず見張りの仲間たちにぶつかり、みんなに敵襲の疑いを抱かせたり、みんなから質問を浴びせられたりして、苛立っていたことだろう。それでもとにかく、自分でも気づかないうちに、あるいは熱に浮かされたような不眠の状態にあっても、いつかはマンゴに向かう道の上に、曙の光がさすだろう。

「本当のこと。本当のことをめぐって、僕とジョルジョは戦うのだ。ジョルジョは僕に言わなければいけない。死を目前にした男が、死を目前にした男に話すのだ」

明日だ、たとえ気の毒なレオを、ひとり敵襲の危険にさらす恐れがあったとしても、たとえファシストの部隊の真ん中を通っていかなければならなかったとしても。

4

マンゴの鐘楼で、ちょうど六時が告げられたところだった。頭を握り拳のあいだに挟み、ミルトンは居酒屋の前の石のベンチに腰を下ろしていた。なかで女が忙しく立ち働いている様子が伝わってくる。男のように無遠慮で長々しいあくびまで聞こえてくるような気がする。農民たちはみんなすでに起きているが、ドアも窓も閂がかけられたままで、家のなかに閉じ込められた匂いのことを考えると、ミルトンは嫌悪感で息苦しさが堪えきれなくなる。

トレイソから登ってくるのに一時間かかり、そのあいだ、羊の群れのように道を横切っていく膝の高さくらいの霧の塊に、数限りなく遭遇した。目を覚ましたときは、家畜小屋の壊れた屋根の上に激しい雨が打ちつけているものと思っていたが、実際には雨はやんでいた。反対に大量の霧が発生し、谷をふさぎ、薄汚れた丘の側面に揺れ動くシーツのような姿をさらしていた。高原にたいしてこれほど嫌悪感を覚えたことは一度もなかった。このときほど、霧の切れ目にのぞく高原の姿がこれほど忌まわしく、汚らわしく思われたこともなかった。高原のことをミルトンはいつも自分の愛の自然の舞台のように考えていた。――フルヴィアと一緒にあの小道を歩き、彼女と一緒にあの尾根に登り、背後に大きな謎を秘めたあの特別な道の分かれ目で、このことは彼女に言うことにしよう、などと……――なのにミルトンがここですることになったのは、もっとも想像できなかったこと、戦争だった。それも昨日までは耐えることができた、しかしいまでは……。

舗石の上を自分のほうに向かって真っすぐ歩いてくる足音が聞こえてきたが、頭を上げなかった。そのすぐあとで、モロの声が響いた。

「だけど、ミルトンじゃないか！　あの忌々しい前哨地点にうんざりしたのか？　おれたちのところに戻ってきたのか？」

「そうじゃない。ジョルジョと話をするために来ただけだ」

「ジョルジョはいまいない」

「知っている。見張りが言っていた。誰がジョルジョと一緒なんだ」

モロは指で数え上げた。「シェリッフォ、コブラ、メオ、それからジャック。昨日の夜、パスカルはマネーラの分岐点にみんなを見張りに行かせた。アルバのファシストたちがその方面に来ると思っていたようだが、なにごともなく、五人はもう分岐点から降りて帰ってくる。だけど、具合でも悪いのか？　ガスみたいな顔色だぞ」

「おまえこそ、どんな顔色をしていると思ってるんだ」

「わかっている――とモロは笑った――ここではみんな肺病になっていく。居酒屋に入ろう。ジョルジョはなかで待てばいい」

「寒いほうが気持ちがいい。頭がかっかしてる」

「僕は、悪いけれど、なかに入らせてもらうよ」。モロは店に入り、そのすぐあとで、モロがメイドを相手に話しはじめるのが聞こえてきた。痰が絡んでいるのと、おかしな探りを入れているせいで、声がいやらしくなっている。

ミルトンは身震いし、ふたたび頭を両手で覆った。


あれは一九四二年の十月三日だった。フルヴィアはトリーノに戻るところだった。予定は一週間か、あるいはそれよりも短かったが、アルバからいなくなってしまうことに変わりはなかった。

「いかないでほしい、フルヴィア」

「でもいかなくちゃ」

「でもどうして?」

「私にだって、父と母がいるのよ。もしかして、いないとでも思っているの」

「そうだよ」

「どういうこと?」

「つまり僕には、ひとりでいる君の姿しか、思い浮かべることも、考えることもできないんだ」

「私にだって、両親くらいいるわよ――と、フルヴィアは膨れたような口調になって言った――私がトリーノにすこし戻ってくるのを待っているのよ。だけどちょっとのあいだだけ。私には兄弟だってふたりいるのよ。興味ある?」

「ないよ」

「ふたりとも兄だけれど――と、フルヴィアはあくまでも話しつづけた――ふたりとも軍人、将校よ。ひとりはローマで、もうひとりはロシア。毎晩、私はふたりのために祈っているわ。ローマにいるイータロのためには、祈ってる振りをしているだけだけれど、だってイータロは戦争をしている振りだけなんだから。だけどロシアにいるヴァレーリオのためには、私は真剣に祈っているのよ、できるかぎり一生懸命に」

フルヴィアはミルトンの様子をそっと窺った。ミルトンは顔を伏せ、視線をそらして、遠くの川のほうの、白々とした岸のあいだの灰色の流れのほうを向いていた。「私は海を渡るわけじゃないんだから」とフルヴィアは彼に囁いた。

だけどフルヴィアは、海を渡ろうとしているんだ。群れ集うすべてのユリカモメたちの嘴が、僕の心に突き刺さってくるのが感じられる以上は。

ミルトンとジョルジョ・クレリチはフルヴィアを駅まで見送りに行った。駅はその日、戦争が始まって以来、一番きれいに掃除され、整理されていた。空は透明な灰色で、もっとも美しい青よりもさらに美しく、そんな色彩が大空一面に均等に広がっていた。フルヴィアがトリーノに到着する頃には、すでに日も傾いて、陰鬱で煤けたような夕闇が垂れ込めているだろう。しかしフルヴィアは、正確にはトリーノのどこに住んでいるのだろうか。フルヴィアにも、ジョルジョにも、訊ねてみる気になれない。ジョルジョならきっと住所を知っているだろうけれど。ミルトンはフルヴィアについて、トリーノのことはなにひとつ知りたくなかった。ふたりの物語が繰りひろげられていたのは、アルバの丘の上の別荘のなかだけだった。

ジョルジョは自給自足体制以前からのスコットランドのタータン柄の服装だった。ミルトンは仕立て直された父親の上着を着て、ネクタイはしていたが、結んでいなかった。フルヴィアはすでに列車に乗り込んで窓に顔を出していた。ジョルジョに軽く微笑みかけ、三つ編みの髪の毛を絶えず揺り動かしている。それから通路でそばを通りすぎて、自分を押しつぶしそうになった太った乗客に向かって、憎らしそうな表情を浮かべていた。いまはジョルジョに笑いかけている。プラットフォームの上を、駅の副長が機関車のほうへ小走りで近づき、小旗を拡げていた。大空の灰色の美しさはすでに少し衰えていた。

フルヴィアが言った。「もしかしてイギリス軍は、私の列車を爆撃したりしないでしょうね」

ジョルジョは笑った。「イギリス機は、夜しか飛ばないよ」

それからフルヴィアはミルトンを窓の下に呼んだ。微笑むことなく言葉を口にした。その言葉をミルトンは、音声からという以上に、唇の動きで理解した。

「別荘に戻ってきたとき、あなたからの手紙を見つけたいわ」

「わかった」と、彼は答えた。短い音節のなかでも返事は震えていた。

「どうしても見つけなければならないの、わかる?」

列車は出発し、ミルトンは線路の向きが変わるところまで列車を目で追い続けた。できれば橋を通りすぎた後で、もう一度列車を目にし、川向こうまで果てしなく続くポプラ林の上にもくもくと立ちのぼりつづける列車の煙を、どこまでも追いかけていたい。しかしジョルジョは彼を鉄柵のほうへ急がせて言った。「ビリヤードをしに行こう」。ミルトンは連れていかれるまま駅の外に出たが、ビリヤードはしないと答えた。すぐにでも家に戻らなければならない。一週間しかない、もっと少ないかもしれない。フルヴィアに「愛している」と書く時間は。
壁を手探りし、立てかけてあったカービン銃を見つけだし、なんとかベンチから立ち上がった。
体調は最悪だった。悪寒に襲われて全身が震え、頭は燃えるように熱い。熱はいつまでも衰えず、
頭部全体に広がり、ほとんどブンブンと音をたてているような気さえする。

背の低いジムが、横手の狭い路地のひとつから不意に姿を現した。そばに近づくことなく、パ
スカルに話があるなら、いま司令部に戻っていると言った。

「いや、話をしたいのはジョルジョだけだ」

「どのジョルジョだ？　ハンサムなやつか？」

「そうだ」

「彼はまだ外だ」

「知っている。探しに少し歩いてみよう」

「村からあまり離れないほうがいい――ジムは警告した――すごい霧だ。迷子になってもおかし

くない」

中央の通りをとおって村を横切り、狭い路地の奥をひとつひとつ横目で覗き、田園地帯の霧の発生状況を確認した。村の外周に植えられている木々はすでに亡霊のようになっている。

最後の家の角まで来て、ミルトンははっと立ちどまった。石だらけの急坂の上を六人ほどの男たちが登ってくる足音が聞こえていた。足音はパルチザンになった町の若者たちに特有の、せっかちでだらしないものだった。みんな黙って坂を登っている。喉と肺に明らかに霧が詰まっているような気がする。ミルトンはおそろしい動揺に襲われ、混乱して、家の角で身体を支えなければならなかった。しかし戻ってきたのは、ジョルジョの分隊ではなかった。尋ねられたわけでもないのに、兵士のひとりはそばを通りながら、おれたちは下の墓地から戻ってきたと言った。夜は墓堀り人の家で過ごしたという。

いつまでも心の動揺を抑えきれないまま、田園地帯に出た。戸外の、受胎告知を告げられた聖母マリアの聖像安置所のそばで、ジョルジョを待つことに決めていた。少しのあいだ、ほかの四人から離れてもらい、それから……。

道には霧が押しよせていたが、まだ光もわずかに差し、霧にもうねりが感じられる。それとは逆に、左右の峡谷はぎりぎりまで霧に埋めつくされ、まるで詰め綿が完全に動かせなくなるほど、びっしりと詰め込まれているように見える。さらに霧は斜面をよじ登り、尾根の上の数本のオニマツだけが頭をのぞかせて、いまにも溺れそうな人たちの腕のような姿をさらしている。

まぼろしのようになっている聖像安置所のほうへ、注意深く下りていった。霧に押しつぶされそうになった巣のなかで、びっくりした小鳥たちがピーピーと鳴き、霧の奥に沈んだ峡谷のなかから、わずかに水が流れる音が聞こえているだけで、それ以外に周囲には物音ひとつない。

マンゴの鐘楼が七時を告げたが、こだまは返らなかった。

聖像安置所の壁に凭れかかり、不安なまなざしでトッレッタの隘路を見つめた。下方の台地から飽和状態となって上昇してくる霧で、道はすでにほとんど塞がれている。切れ目がまだひとつ残されていたが、ジョルジョの小隊は、十秒後に現れなければ、もう見えなくなってしまうだろう。まだ現れない、もう時間切れだ。霧が濃くなって、隘路は塞がれてしまった。

タバコに火をつけた。フルヴィアのタバコに火をつけなくなってから、どれくらいになるだろうか。戦争という恐ろしい大洋を、泳いで渡りきる意味はもちろん十分にある。たとえそれが対岸に辿りついて、フルヴィアのタバコに火をつけるためだけであったとしても。それ以上のためではなかったとしても。

最初の一服は肺を爆発させるようだった。次の一服は痙攣を起こさせて、身体をふたつの折り曲げずにいられなかった。三服目に、ようやく堪えることができるようになり、数回衝撃を受けただけで、最後まで吸うことができた。

霧はいまでは道のその部分の上でも、切れ目なく続いていたが、まだ地上一メートルほどのところに浮かんでいた。カーキ色の服装の足が懸命に坂をよじ登ってくるのをようやく目にすることができたのは、まさにその空隙のなかだった。胴体と頭は霧に覆われている。ミルトンは道の中央に踊りだし、ジョルジョの足と歩みをさらに見極めようとして前方に身をかがめた。いつものように、極度の興奮に襲われたときの例にもれず、心臓は身体の奥深くに潜んでしまっている。胴体と頭が濃霧のなかから浮かび上がってきた。シェリッフォ、メオ、コブラ、ジャック……

「ジョルジョはどこだ。君たちと一緒じゃないのか」

シェリッフォは渋々立ちどまった。「もちろん一緒だ。後ろにいる」

「後ろって、どこだ?」。ミルトンは訊ね、霧に穴をあけるように視線を凝らした。

「数分後ろだ」

「なんでおいてきた?」

「あいつが勝手に遅れたんだ」と、メオが咳払いをした。

「待ってあげるわけにいかなかったのか」

「もう子供じゃない――と、コブラが言った――おれたちと同じように、道はよく知っている」

メオも口を開いた。「おれたちを通してくれ、ミルトン。腹が減って死にそうなんだ。霧がベーコンだったらいいんだがな……」

「待ってくれ。もう数分前から話しているが、ジョルジョの姿はまだ見えない」

シェリッフォが答えた。「おおかた、どこか道沿いの家に足を止めて、飯にでもありついているんだろう。おまえだって、あいつがどんな奴か知ってるだろ。仲間と一緒に飯を食うのが大嫌いなんだ」

「おれたちを通してくれ――メオが繰り返した――じゃなけりゃ、どうしても話したいというなら、歩きながらにしよう」

「本当のことを言ってくれ、シェリッフォ――と、ミルトンは脇に寄らずに訊ねた――ジョルジョと喧嘩でもしたんじゃないのか」

「そんなことはない」。そのときまで口を挟もうとしていなかったジャックが言った。

「とんでもない――とシェリッフォも言った――ジョルジョがどれほど、おれたちの嫌いなタイプだったとしてもだ。あいつは親のおかげでぬくぬくとしている。腐った軍隊でよく見かけたタイプだ」

「だけどここじゃ、おれたちはみんな平等なんだ――と、コブラは突然、熱くなって言った――ここじゃ親の七光りなんてものは通用しない。だって、もしも軍隊と同じように、ここでもそんなものが通用するようだったら……」

「だけど俺は、腹が減って死にそうなんだ」とメオは言い、頭を下げてミルトンの横を通り過ぎていった。

「おれたちと一緒に村まで行こう――シェリッフォも、歩きはじめながら言った――村で待てばいい」

「僕はここで待つほうがいい」

「好きにしろ。遅くても十分後には来るはずだ」

ミルトンはシェリッフォを引きとめて訊ねた。「あっちのほうの霧はどうだった」

「ものすごかったよ。おれは村まで行って、誰か年寄りに、いままでこんなのを見たことがあるかって、本当に聞いてみたいと思っている。ものすごかった。場所によっては身をかがめたって、もう道は見えなかったし、地面の上の自分の足だって見えなかった。でも危険はない。道は崖沿いというわけじゃない。だけど言っておくが、ミルトン、もしもおまえの友達がおれを呼んでいたら、おれはあいつを待っていただろうし、こいつらにだって待っていてもらっただろう。だけどあいつはおれを呼ばなかったから、おれはあいつがいつものように、勝手に行動したがっていると思ったんだ。ジョルジョがどういう奴だか、おまえだって知っているだろう」

四人は全員、ふたたび霧のなかへ消えていった。

もう一度坂を上り、聖像安置所に凭れかかった。二本目のタバコに火をつけ、吸いながら、道と霧の底面のあいだにまだ残されている空隙に視線を凝らしていた。三十分ほどしてからふたたび道を下り、トッレッタの隘路のほうへゆっくりと歩きはじめた。

ひとりになるために、ジョルジョは霧を利用したんだと、シェリッフォが考えたのももっともだった。ジョルジョには仲間意識が欠け、しかもそのようなものを拒絶していたので、誰からも好かれていなかった。ひとりになれる機会を見逃そうとせず、むしろ絶えず作り出そうとし、自分のものはなにひとつ人と分かち合おうとはせず、体温さえ与え合おうとはしなかった。ひとりで眠り、ひとりで食べ、タバコが不足していたときにはこっそりと吸い、タルカムパウダー(訳注：滑石粉にホウ酸末・香料などを加えたもの。汗止め、ひげ剃りあとなどに用いる。商標。新英和辞典)を自分ひとりで使っていた……。ミルトンは下唇を突き出し、歯を食いこませた。昨日以前だったならば、彼を笑わせていたそんなジョルジョのことが、いまではミルトンの心に鋭く突きささっていた。ジョルジョが我慢することができたのはミルトンだけだったような気がする。生活を共にしていたのはミルトンとだけだった。家畜小屋で眠るとき、何度ふたりは身を寄せあい、親しく並んで横になったことだろうか。そうしようとしたのはいつもジョルジョのほうからだった。ふだんミルトンは身体を半月状に丸めて寝ていたので、ジョルジョはミルトンが身体の位置を定めるのを待ち、それから自分の身体を寄せて形を合わせていた。水平のハンモックに寝ているような感じだった。また、先に目を覚ましたとき、ミルトンは何度ゆっくりと時間をかけて、ジョルジョの身体、肌、髪の毛を見つめていたことだろうか……。

苦しみのあまり、ミルトンの歩みはますます早くなる一方だった。それでもこのとき動いていたのは、霧がもっとも濃く、視界が最も悪くなっていた瞬間だった。現実の厚み、文字通りに水蒸気の真の壁のようなものができあがり、一歩前進するごとに、何かにぶつかり、打撲を負うような気がしてならない。トッレッタの隘路は確かにすぐそばのはずだったが、自分の居場所を推し量ることができるのは、道の曲がり具合と勾配の度合いによってでしかなかった。シェリッフォが言っていたとおり、身をかがめなければ、道の表面も自分の足も見分けることができない。足の輪郭はあいまいで、自分の身体から切り離されてしまっているような気さえする。前方の視界にしても、たとえジョルジョが二メートルのところに現れたとしても、友の姿を目にすることは確かにできなかっただろう。

さらに数歩登っていくと、峠の頂に達していることは確かだった。巨大で固い霧の塊が、下方の高原を押しつぶすように覆っている。

唾を呑みこみ、ジョルジョの名前を呼んだ。最後の急斜面をこのとき登ってくる者の耳に確実に届くように、声の大きさを調整した。次に、ジョルジョがこのとき高原を横切って斜面に挑もうとしている場合のことを考え、声をさらに大きくした。なんの返事もない。そこで両手を口のまわりでメガホンのようにし、ジョルジョの名前をながながと引き延ばして叫んだ。少し下方のところで犬が吠えただけで、それから何も聞こえなかった。

すでに見えなくなっていた村の方角に向かい、道を間違えないように細心の注意を払いながら、ミルトンは回れ右をし、坂を一歩一歩下っていった。

5

シェリッフォは食堂にいた。たらふく食べ、テーブルに両肘を平たくついてまどろんでいる。荒い息づかいの下に、こぼされたワインが広がり、水たまりのようなさざなみを立てている。

ミルトンはシェリッフォを揺り動かした。「来なかったよ」

「なんと言ったらいいか、わからないが」と、シェリッフォは答えた。声は重苦しいが、上体を起こし、どんな話にも応じるという態度を示している。「いま何時だ」と、目をこすりながら尋ねた。

「九時過ぎだ。ファシストたちが近くにいなかったのは、確かか」

「あんな霧のなかに。このあたりの霧と比べたって意味がない。分岐点のあたりは完全にミルクの海だった」

「あいつらが行進中に、突然濃霧に襲われたってことだって、あるかもしれないだろう——ミルトンは指摘した——あいつらがアルバを出発していったとき、あれほどの濃霧は確かに出ていなかった」

シェリッフォは頭を振り、「あんな霧なのに」と繰り返した。

ミルトンは苛立った。「君が濃霧を持ち出すのは、あいつらがいた可能性を排除するためじゃないのか。だけどもしも君が濃霧を、あいつらを見つけることができなかったことを正当化するためだけに、口実にしているとしたら、どうなる?」

シェリッフォはいつまでも頭を振りつづけ、あくまでも冷静だった。「あいつらが動くのが聞こえていたはずだ。アルバから出るとき、あいつらが大隊以下だったことはない。大隊といえば、一匹のネズミとはわけが違う。きっとおれたちに聞こえていただろう。兵隊がひとり咳をしたって、充分聞こえていたはずだ」

「だけどパスカルは、あいつらが来ることを予想していたんだ。あのあたりに来るだろうと思っていたからこそ、君たちを分岐点の見張りに行かせたんだ」

「パスカルか——と、シェリッフォはうんざりしたような声を出した——あいつの言っていることが当てになるならな。だけどいったい誰がパスカルを部隊長なんかに任命したんだ。おれは文句を言っているわけじゃない。ただもう何か月も何か月も、おれはパスカルがまともな予想をしたのを一度だって聞いたことがない。なんなら教えてやるが、昨日だって昨夜だって、おれたちはパスカルをさんざん呪いつづけていたんだ。あいつは攻撃を予想するだけだが、おれたちはそのせいで大変な目に遭うことになる。おれたちは何時間もそんなふうに、パスカルのことをぼろくそにこき下ろしていた。君のジョルジョだってそうだ」

ミルトンはテーブルを回り、シェリッフォを前にしてベンチに馬乗りに腰を下ろした。

「シェリッフォ、君たちはジョルジョと喧嘩でもしたのか」

シェリッフォは何度か顔をしかめ、それから頷いた。「あいつはジャックと口喧嘩になった」

「そうか」

「だけど、だからってあいつと別れてしまったわけじゃない。つまり、霧のなかであいつを見失ってしまったのは、何もそのせいじゃない、ということだ。あいつは自分だけの気ままな意志で、おれたちと縁を切り、ドラ息子らしく好き勝手にやりたかったんだ」

「君たち三人はもちろん、ジャックの味方だったんだろう」

「まあな。ジャックのほうが完全に正しかった」

じつを言うと、とシェリッフォは説明した。彼ら五人はみな、はらわたが煮えくりかえっていた。五人がマンゴを後にしたのは、ミルトンがアルバの偵察からトレイソに戻ってきたすぐ後だった。まだトッレッタの隘路に着かないうちからすでに夜になり、あたりは漆黒の闇だった。尾根を歩いているときは、正面から不快な強風に悩まされた。風はすでに真冬並みの冷たさだった。風は、とメオは言った。きっと高い丘の頂のどこかの墓地の、暴かれた墓のなかからでも吹いてくるのだろう。あんなところにおれは銃殺されてからだって、けっして入っていたくない。人気はまったくなかったが、丘の中腹の犬たちは、一匹残らず、尾根を進んでいく五人の匂いを嗅ぎつけては吠えまくっていた。犬をどうしても我慢することができなかったコブラは、吠えられるたびに罵りの叫びをあげていた。すでにコブラは毛布を頭巾のように頭にかぶせていたので、彼の姿は歩きながら呪いの言葉を吐きつづけている修道女のようだった。また、犬が吠えなければ絶対に見つからないはずの自分たちの家の存在と位置を、必死に吠えまくって明らかにしてしまう犬たちに向かって、農民たちが吐きつづけている呪いの言葉も勘定に入れるならば、世界中は呪詛の言葉であふれかえっていると言ってもよかっただろう。おまけに歯をガチガチいわせながら歩いていたほかの四人も、内心では呪いの言葉を吐きつづけていた。みんなはパスカルが、ありもしない攻撃をあると思いこんでしまったのか、あるいはたんに自分に格好をつけようとしていただけであり、そのおかげで自分たちがひどい目に遭わされていると信じていた。一番怒り狂っていたのは、もちろんジョルジョだった。分隊としての行動は彼の好むところではなかったし、おまけに指揮権はシェリッフォに与えられていたからである。「こんな無能な連中のなかで、おれが指揮権を行使するのにふさわしくないと見なされているとしたら——と、ジョルジョは確かにそんなふうに考えていたに違いない——パルチザンのなかでおれがどんなふうに評価され、どんなことをやらされているのか、誰の目にだって明らかだろう」

それからみんなはメオにも腹をたてなければならなかった。一行はすきっ腹を抱えたままマンゴを出発したので、メオは以前に何回か、自分と死んでしまったラフェがとてもよいもてなしを受けたことのある、ぽつんと離れた一軒のとある農家に夕食に行こうと提案した。焼きたての新鮮なパン、すこし甘かったけれど滋養たっぷりのスープ、おまけに雪のように白く、なかにピンク色の小さな輪のある極上の塩豚ベーコンは、食べ放題だった。みんなはそこへ行くことに同意したが、行き勝手はきわめてやっかいなところだった。家は大きな斜面の足もとだったからである。みんなは細い道を通り、散々な苦労を重ねて斜面の下に到着した。夜はタールのように真っ黒だったが、それでもまるで生きているかのように、無数の深い裂け目が絶えず形成されているような、光学的な幻影を生み出していた。さらに下に辿りついてからも、メオはもはやその家を発見することができず、一行は家を見つけだすのに四方八方に散っていかなければならなかった。家の壁は悪天候のせいで真っ黒になり、亡霊に特有のわずかな光のようなものさえ、もはや発してはいなかった。ようやく家を見つけだしたのはコブラだったが、農作業場を取りまいていた有刺鉄線のせいで、彼のズボンにはかぎ裂きができていた。コブラは大きな呪いの言葉を発しながら、みんなを自分のほうへ呼び寄せた。幸い、番犬はいなかった。もしもいたら、犬は猛り狂い、コブラはもちろんステンガンで犬を射ち殺し、すると今度はシェリッフォが激高し、泥のなかでコブラと取っ組み合いの喧嘩を始めただろうからである。シェリッフォは犬が殺されるのを見ると正気を失ってしまうのだった。

さらに最悪なことに、家のなかに入れてもらうために、みんなはじつに厄介な手順を踏まなければならなかった。メオがドアを叩きに行くと、主人が扉の後ろにやってきた。

「おまえたちは誰だ」

「パルチザンだ」とメオは答えた。

「土地の言葉で言ってみろ」と老人は要求した。メオは同じことを方言で言い直した。

「どのパルチザンだ。青のバドリアーニ(訳注:王政派のバドーリオ元帥を支持する対独レジスタンス組織)か、ステッラ・ロッサ(訳注:共産党系の対独レジスタンス組織)か」

「バドリアーニだ」

「司令部はどこだ、バドリアーニだとして」

「マンゴの司令部から来た」メオは苛々しながら答えた。「指揮官はパスカルだ」。それでも老人は門を外さず、シェリッフォはコブラの気持ちをなんとか宥めなければならなかった。コブラは苛立ちを極端に募らせ、扉の向こうの農夫に近づいて、扉をさっさと開けさせるような二言三言を、いまにも口に出しそうな勢いだったからである。

「で、要求はなんだ」と老人は言い続けた。

「一口食べさせてほしい、そしたらすぐにまた任務に戻る」

しかし老人はまだ満足していなかった。

「わしに話をしているのが誰か、教えてくれ。わしの知っている奴か」

「もちろん——とメオは答えた——僕はメオだ。一度あなたの家に食べさせてもらいに来たことがある。ちょっと思い出してほしい」

すこし沈黙が続き、老人は記憶をたどりながら、細かなことに拘っている様子だった。「あなたは僕のことを覚えているはずだ——メオは言った——僕が来たのは二か月前。やはり夜だった。強い風が吹いていた」

老人は何かぶつぶつ言い、ようやくそのときのことがすこしわかりはじめたようだった。「で、おまえは――と訊ねた――誰と一緒に来たか、覚えているか」

「もちろん――とメオは答えた――僕はラフェと一緒だった。ラフェはそれからすこしして、ロッケッタの戦いで死んでしまったが」

メオがそう言うと老人は妻に声をかけ、門を外し、五人はなかに入ることができた。しかしメオが保証していたような素敵なものはなにひとつなく、みんなは豚のような食事を与えられた。ポレンタと冷めたキャベツと一握りのヘーゼルナッツがあるだけだった。しかもそんな惨めな食事でさえ、老人の厳しい視線のもとで食べなければならなかった。老人はみんなを監視し、白くなった口ひげを絶えず撫でさすりながら、ときどきひとつの言葉、ただひとつの「シベリア」という言葉を口にしていた。「シベリア、シベリア」というのが、老人の繰り言だった。ジョルジョはポレンタには手をつけず、キャベツはなおさらだった。十粒ほどのヘーゼルナッツを口に放りこんだが、むしゃくしゃしながら大急ぎで噛んだだけだったので、ナッツは胃にもたれてしまった。それから食道にそって無数の小石がばらまかれているような気がすると言った。ようやくその忌まわしい家を後にし、斜面を登って尾根に戻ってきたのは、九時をすこし過ぎた頃だった。それでも夜の闇は明け方直前のような恐ろしい深さだった。坂道を登りながら、みんなはとんでもない夕食の妙案を思いついたメオのことを口汚く罵っていた。もっとももまともだったのは、このときもジャックだった。途切れることなく、柔らかな口調で、ほとんど陽気に、「ファシストの豚野郎、ファシストの豚野郎、ファシストの豚野郎(Porci fascisti, porci fascisti, porci fascisti……)」とぶつぶつ言っていた。

　次にみんなが腹を立てたのはシェリッフォにたいしてだった。問題になったのは分岐点を監視するための基地として彼が選んだ家である。一行はすでに分岐点が見えるところまで来ていた。下流側の道は霧のせいで陰鬱に白々としていた。コブラは毛布を外し、頭を振りながら言った。「明日の朝、あの道をファシストが通るようだったら、誓ってもいい、おれは腹がはち切れて死んでしまうまで砂利を食らってやるよ」。五人中四人まではカッシーナ・デッラ・ランガ（ランガの酪農場）に陣取ることを望んでいた。そこには大きな牛舎があり、牛舎の入り口はどれもきちんと閉められ、内部は数多くの牛たちの呼吸で暖められ、たくさんの暖房が置かれているも同然だった。シェリッフォは反対した。眠るには快適かもしれないが、監視するには場所が悪い、分岐点から離れすぎている。彼は懸命に言い張らねばならなかったが、最終的には四人を、分岐点のちょうど正面の高台の端にある打ち捨てられた家へ連れて行った。何軒かの周辺の家屋もすでに音もなく、明かりもなく、閂がかけられている。そのあたりから分岐点まではステンガンの射程範囲だった。一行は長い並木を通って辿りついた。木々は不快な強風にあおられ、根までがガサガサと音をたてていた。

　その廃屋には、屋根のなくなった半壊状態の部屋が三つあった。多少まともなただひとつの部屋は家畜小屋だったが、家畜小屋と呼ぶにはあまりにもお粗末な代物であった。とても小さく、ヒツジ六匹さえ入れておくのは難しかっただろう。飼い葉桶は小びとがひとり入れるかどうかかくらいで、レンガ敷きの床は、棘のある芝の束が一角に二、三積み重ねられているのを除けば、それ以外は完全にむき出しである。ひとつしかない小さな窓にガラスはなく、窓の布張りには穴が開いている。出入り口の扉には手のひらが入るくらいの隙間がいくつもある。

一行は零時に見張りを開始した。シェリッフォが最初に見張りに立った。ほかの四人は身体を丸め、凍えながら、レンガ敷きの床に横になったが、誰ひとり眠ることはできなかった。みんな冷静さを失っていたので、古い芝の束を外に放り投げて空間を拡げるという極めて単純な発想さえ、誰の頭にも浮かんでこなかった。みんなは芝の束からかろうじて身を隔てていたが、ジャックは身を捩ったり、身体の位置をずらしたり、ほかの者の冷たさに身をくねらせたりしているうちに、いつの間にか芝の束の上にひっくり返ってしまった。眠っていたのは彼だけだったが、苦行僧のように棘のある芝の束の上に横になっていたので、眠りながら、瀕死の人間のような呻き声を上げていた。終わりから二番目に見張りに立ったのはジョルジョで、最後はジャックの番だった。ジャックの視力は、錯覚に陥りやすい薄明の光にたいしても、驚くほど明敏であった。

ジョルジョと面倒なことになったのは、ジャックが見張りの番に当っていたときである。ジョルジョは廃屋に戻り、ジャックを起こし、ジャックが外に出ると、コブラとメオの図体を避けて、敷き藁の上になかば身を横たえた。当然眠ることなどできず、背中を丸めて、両手を膝の下で組み合わせた。タバコを一本吸い、それから様々な身体の位置を試してみたが、眠るためというよりは、目覚めている状態をなんとか耐えるためだった。もっともそれもうまくいかず、ジョルジョは床の上に座り直した、もう一本タバコに火をつけた。マッチの光で、ジャックが、外に出て見張りの役を果たしているかわりに、家畜小屋のなかにいることに気づいた。ジャックは入り口の並びの壁に凭れかかって座り、頭を揺すっていた。

「ジョルジョは――とシェリッフォは言った――かっとなったんだろう。あいつは自分の役割をきちんと果たしていたから」

「誰ひとりいない――と、ミルトンは口をはさんだ――師団のどこを見渡してみても、ジョルジョほどきちんと見張りの役を果たしている者は、ひとりもいない」

「それはそのとおりだ――とシェリッフォは認めた――きちんと務めを果たしていたのが、自分のためだけだったのか、仲間のためでもあったのか、いまそんなことはどうでもいいだろう。いずれにせよ、自分の命のためにきちんと見張りをしていれば、自動的に他人の命を守ることになるのだから。この点について言い争う意味はない。いま言ったように、ジョルジョはかっとなった。膝立ちになり、野獣のように、敷き藁に爪を立てた。『なんでおまえは外で見張りをしていないんだ』。そう言うと、どのような釈明の言葉も待とうとはせず、ジャックにあらゆる罵詈雑言を浴びせかけた。『娼婦の息子』なんていうのはもっとも生やさしいほうだった。ジャックが悪かったのは、かりにそれが落ち度であったとしてだが、すぐにはなんの説明もしなかったことだろう。ジャックは肩をすくめ、『無駄なことだ』というような言葉を何か呟いたような気がする。それからおそらく、ジョルジョのほうに向かって、床に唾を吐いた。ジョルジョはジャックにカエルのように飛びかかり、飛びかかりながら言った。『無駄だって？　おれたちは見張りをした。なのにおまえはしていない。薄汚い臆病者！』そう言って飛びかかった。おれたちは目を覚ましていたが、まだ状況がよくわかっていなかったし、おまけに身体中がしびれて麻痺してしまっていたので、立ち上がるまでにたっぷり一分は時間がかかってしまった。おれにわかったのは、ジャックが外で見張りをしていないということだけだったので、なぜだ、と大きな声で訊ね、すぐに自分の役目を果たしてこい、と言った。しかしジャックは答えなかった。ジョルジョから身を守るだけで精一杯だったからだ。ジョルジョはジャックの首を摑み、なんとかしてジャックの頭を壁に叩きつけようと懸命になっていた。そしてジャックの首を絞め、頭を壁に叩きつけようとしながら、いつまでも罵詈雑言を浴びせつづけていた。『私生児め。おまえらのような卑しい奴らは、もう根絶やしにすべきだ！　おまえたちはおれたちにだって、あいつらにだって、なんの役にも立たない。みんな死んでしまうがいい！　おまえたちは犬だ、豚だ、人間のくずだ！……』ジャックは答えなかったが、それはジョルジョにほとんど首を絞められていたからであり、また彼自身、頭を壁に叩きつけられないように、精一杯首を硬直させていたからだろう。そんなわけで彼は何も言わず、おれたちに助けを求めようともしなかった。膝を折り曲げ、両足でジョルジョの身体を跳ね返そうと必死になっていた。こんなことをおれはながながと話しているが、実際は三十秒とかかっていなかった。おれたちが仲裁に入る前に、ジャックはジョルジョの胸になんとか足の裏を当てると、すぐにレンガ敷きの床の上にジョルジョの身体を跳ね飛ばした。そこでおれはジャックに、すぐに説明するように叫び、ジャックはもとの位置に座ったまま、おれに言った。『無駄だと、言ったはずだ。自分で見てみるがいい』。そう言って扉を一突きして大きく広げた。おれたちは外を見つめ、理解した」

「霧か」とミルトンは呟いた。

霧の状態を説明するために、シェリッフォはベンチから立ち上がった。

「ミルクの海を想像してみろ。家に向かって、舌と乳房のようなものを突き出しながら、おれたちの家畜小屋に押し入ろうとしていた。おれたちはひとりずつ外に出てみたが、用心して、二歩以上は前に進まなかった。あのミルクの海に溺れてしまうのが怖かったからだ。おれたちは互いを見分けることさえできないほどだったが、それでも同じところに一列に並び、肘をつき合わせていたのだ。前方には何も見えなかった。おれたちは足踏みをしていたが、それは自分たちが固い地面の上にいて、雲の上にいるわけではないということを確認するためだった」。シェリッフォはのろのろとベンチに座り直し、言葉を続けた。「コブラは笑い、家畜小屋に戻り、例の芝の束を一抱え持ち上げ、表に出ると力いっぱい前方に、霧の口の奥へと投げつけた。おれたちの耳には、芝の束が地面に落ちる音さえ届かなかった」

どれほど耳をそばだて、どれほど息を潜めてみても、小さな物音ひとつ聞こえてこなかった。ジョルジョとジャックの争いのことなど、もう忘れられていた。ジョルジョの時計では、もうすぐ五時になるところだった。ファシストの攻撃はないし、あるはずもないということで、全員の意見が一致した。そこですることはもう何もなくなり、一行はすぐにマンゴに戻ることにした。「諸君(ムチャーチ)(訳注:スペイン語のムチャーチョの複数形ムチャーチョスの代わりにイタリア語の複数形の作り方にしたがって語尾を「チ」にしたのだろう)」と、シェリッフォは言った。「尾根沿いの道があり、それが一番はやく、しかもおれたちは記憶だけを頼りに歩いていくことができる。しかしこの霧のなかでは危険だ。道は左右の斜面の上のカミソリの刃のようなものだからだ。この霧では簡単なことで足を踏み外し、踏み外した者が必ずしも死んでしまうわけでもないだろうが、とにかく幻想は抱くべきではない。どこまでも転がり落ち、二キロメートル下を流れるベルボ川の手前まで止まらないだろう。だからおれは、斜面の中腹まで慎重に下りていき、丘の中腹の道に入ることを提案する。道は長くなるが、少なくとも片側は崖で守られている。つねに右側に身を寄せ、崖を手探りしながら歩いていくことにしよう。ピローネ・デル・キャルレの近くまで辿りついたら、おれたちはもう一度、尾根に登ることができる。そのあたりでは道はそれほど危険ではない。両側の峡谷の手前にはけっこう広い草地がある。さらにその辺では、霧がこのあたりほどひどくないことも、期待できるだろう」。みんなはシェリッフォの意見に同意し、全身の神経を集中して丘の中腹へと下りていった。ボッチェ(訳注:ボウリングに似た野外ゲーム、伊和中辞典)の点数を数えるときのように、まず片足を前に出し、次にもう片足を前に出すといった歩き方だった。丘の中腹まで、膝を折り曲げながら道を確認し、それからは少しばかり足を速めて歩いていったが、霧は相変わらず濃いままだった。その後、一行はピローネ・デル・キャルレにつうじる小道に運よく行き当たり、ふたたび尾根に戻ることができた。

「まったく——とシェリッフォは言った——考えてもみてくれ。いつもなら一時間で行ける道のりに、おれたちは三時間もかけたんだ」

「で、ジョルジョはどこで見失ったんだ」

「それはわからない。だけどもう一度言っておくが、あいつは自分からいなくなったんだ。おれたちから縁を切ったのは、丘の中腹に向かう道のはじめあたりだったんじゃないか。心配するな、ミルトン、おれにはジョルジョがどこにいるのか、だいたい見当がついている。あいつはどこかの立派な酪農場で暖をとり、金をばらまいて朝食にありついているのだろう。あいつには金がいつもふんだんにある。ときには部隊の会計係より金を持っている。あいつの親父はまるでペパーミントでも送るように、あいつに金を送っていた。いまではおれも、あいつがどんなふうにしているのかよくわかっている。あいつは大きなどんぶりによく煮え立ったミルクを入れて持ってこさせ、もう砂糖などないので、なかにスプーン何杯もの蜂蜜を入れて溶かしてもらっている。だからこそ、あいつが咳どころか、どんなに少しの鼻水でさえ吹き出すのを、誰も聞いたことがないんだ。一方おれたちは、命を吐き出してしまうほどの咳に苦しんでいる。心配するな、ミルトン、おれがこんなに安心しているんだ、パトロール隊の責任者であるこのおれが。だから安心しろ、昼までにはあいつも村に戻っているだろう」

「昼までには、僕はトレイソに戻っていたい——とミルトンは言った——レオと約束している」

シェリッフォはそんなことは気にするなと言った様子で片手を左右に振った。「もっと遅くなったからといって、それがおまえにとってなんだというんだ。レオにとってなんなんだ。ここじゃ、点呼もなければ、再点呼もない。パルチザンが偉いのはそのせいでもあるんだ。でなけりゃ、王国軍みたいなもので、おっと、縁起でもない。鉄に触らせてくれ（訳注：「鉄に触る」は、危険や祟りを避けるためのまじない。伊和中辞典）」。そう言ってシェリッフォは本当に弾倉の鉄に触れ、さらに言葉を続けた。「ここでは誰だって、手のひらを拡げて長さを図っている。どうしておまえは一ミリ、二ミリに拘るんだ」

「僕はいい加減なのは好きになれない」

「それじゃおまえも、あの気持ちの悪い軍隊式に行進するのか」

「軍隊のことは話を聞くのも真っ平だ。でもいい加減なのは好きになれない」

「そういうことなら、ジョルジョに会うのはまたの日にするんだな」

「僕は彼とすぐに話す必要がある」

「だけどいったいどうして、そんなにジョルジョに会わずにいられないんだ。どんな大切なことを、あいつに言わなければならないんだ。あいつの母親が死んだのか」

ミルトンがドアのほうを向くのを見て、シェリッフォは言った。「今度はどこへ行く。村か？」

「ちょっと外に出るだけだ、霧を見に」

下の峡谷のなかで霧は動いていた。底のほうで巨大なプロペラでゆっくりとかき回されているような感じがする。数分して穴が開き、裂け目が生じて、その奥に地面の断片がいくつか姿を現した。地面ははるかに遠いところで、黒ずんで、息を詰まらせているように見える。尾根と空はまだ厚く覆われているが、あと三十分もすれば、そこにも割れ目が生じるだろう。小鳥が何羽か、ふたたびピヨピヨと囀りだそうとしている。

建物のなかをもう一度覗き込んだ。シェリッフォはふたたび眠り込んでしまっているようだった。

「シェリッフォ？　道々、何も聞こえなかったか」

「何も聞こえなかった」とシェリッフォはすぐに答えたが、頭は上げず、両肘も伸ばそうとはしなかった。

「丘の中腹の道のことだが」

「何も聞こえなかった」

「本当に何も？」

「まったく、何ひとつ聞こえなかった」。シェリッフォは乱暴に頭を起こしたが、声はしっかりと抑制していた。「おまえが本当にきちんと答えてほしいというなら、もっともおまえがこんなに小さなことに拘るのを見るのは初めてだが、こう言っておこう。おれたちが耳にしたのは、後にも先にも小鳥が一羽、飛び立っていく音だけだった、と。小鳥はおそらく巣を見失い、あの濃霧のなかを探しまわっていたのだろう。だけどいまは、とにかく眠らせてくれ」

5

外では小雨が降りはじめていた。

6

ミルトンは、ジョルジョを見かけたらすぐに自分のところに来るように伝えてほしいと、十人ばかりの仲間に伝言を残し、自分は食堂にいると伝えておいた。しかし十一時半頃、食堂を離れ、半時間ほど村の外れをぶらぶらと歩きまわった。ジョルジョが広々とした田園の奥のほうから戻ってくるところを、すこし遠いところからでも見分けることができるのではないか、と期待していた。霧はどこでも晴れつつあり、細かな雨が少し強くなっていたが、まだそれほど不快ではなかった。

洗濯場の路地の出口に、フランクの姿が一瞬浮かび上がった。やはりアルバの出身で、ミルトンやジョルジョと同じようなタイプの若者である。ミルトンの姿にまったく気づかなかったように通りすぎていったが、視覚に一瞬遅れの映像のようなものが浮かび上がったのかもしれない、すぐにもう一度、路地の出口のところに姿を現した。髪の毛から足の先まで、身体中が震えている。いままで見たことがないほど、表情が子供のようになり、しかも血の気がうせて、まるで石膏のようである。

「ジョルジョは、捕まってしまったんだ」とミルトンは呟いた。

「ミルトン！——とフランクは叫んで、駆け下りてきた——ミルトン！——ともう一度叫び、並びの悪い舗石の上で、踵でブレーキをかけた。

「本当か、フランク、ジョルジョが捕まってしまったというのは」

「誰から聞いた?」

「誰からでもない。そんな気がしていただけだ。でもなんでわかったんだ?」

「農夫が来た——とフランクは、どもりながら言った——低地の丘の農夫が、ジョルジョが捕虜になって牛車で運ばれていくのを目撃して、おれたちに伝えに来た。司令部に急ごう」。そう言ってフランクは走り出した。

「いや、走るのはやめよう」とミルトンは言った。哀願するような口調だった。両足は身体を支えるだけで精一杯だった。

フランクはおとなしくもとに戻り、ミルトンの横に並んだ。「僕も大変だった。身体中が溶けてしまいそうだった」

ふたりはゆっくりと坂を登り、ほとんど嫌悪感をこらえながら、司令部に向かっていった。

「もう駄目かな」とフランクは囁くような声で言った。「捕まったときは制服を着て、武器も持っていた。なんか言ったらどうだ、ミルトン!」

ミルトンは口を開かなかった。フランクは言葉を続けた。「駄目だろうな。彼の母親のことを考えたくない。きっと霧のなかで、あいつらのなかに飛び込んでしまったんだ。今朝の霧はあまりにも異常だった。何も起こらないわけがなかった。だけど、それは後になってから思うことだ。

可哀そうなジョルジョ。農夫は彼が拘束されて、牛車で運ばれていかれるのを見たそうだ」

「たしかにジョルジョだったのか」

「ジョルジョを知っていたと言っている。第一、いなくなってしまったのはジョルジョだけだ」

農夫は斜面を下って、広々とした田畑に向かっているところだった。いまにも滑り落ちてしまいそうな近道に入り、背の高い草につかまって下りていくところだった。

「あそこにいる！」とフランクは言い、農夫に向かって口笛を吹き、指を鳴らした。

農夫はしぶしぶ立ちどまり、舗石の上をまた登ってきた。四十歳くらいで、ほとんど白皮症だった。泥が胸まで跳ねあがり、染みになっている。

「ジョルジョのことを教えてくれ」と、ミルトンは命令するような口調で言った。

「あんたらの指揮官たちに、もうなにもかも報告したよ」

「僕にも繰り返してほしい。どうやってジョルジョを見つけたんだ。霧で見えなかったんじゃないのか」

「わしらのいたあのあたりでは、霧はここいらほどひどくなかった。それにあの頃には、すでにほとんどあがっていた」

「何時くらいのことだ」

「十一時だった。十一時少し前だった。アルバの部隊が、あんたらの仲間を牛車にのせて、縛りつけて通りすぎていくのを見たのは」

「あいつらはジョルジョを戦利品のように運んでいったんだ」とフランクは言った。

「あいつらが見えたのは偶然だったんだよ」と農夫は言葉を続けた。「わしは葦を刈りにいくところだった。するとあいつらが下の道を通りすぎていくのが目に入った。まったくの偶然だった。何も聞こえなかった。あいつらは小さなヘビのように、静かに道を下っていた」

「たしかにジョルジョだったのか」ミルトンは訊ねた。

「あの若者の顔はよく知っていた。うちの近くの家に、何回か食事に来たり泊りに来たりしていた」

「あなたの家はどこだ」

「マブッコの橋のすぐ上流だよ。わしの家は……」

ミルトンは家の説明をやめさせた。「どうして丘の麓のチッチョの部下たちのところへ、走って知らせに行かなかったんだ」

「パスカルも同じことを訊いていたよ」とフランクはため息をついた。

「じゃあんただって、わしがあんたらの指揮官に答えたことを聞いたんだろ――農夫は言い返した――わしは女じゃない。わしだって軍隊にいたことがある。わしはすぐに、あんたたちのなかであいつらを止めることができるのはチッチョだけだと思い、チッチョのところへ駆け下りていった。わしだって命を危険にさらしたんだ。横を通りすぎていくところを、隊列の後ろのほうにいた奴らに見つかったら、野ウサギのように撃ち殺されてしまったかもしれないのだから。だけどチッチョの分遣隊のところに行ってみると、そこには料理人と歩哨がひとりいるだけだった。わしはふたりにも報告したが、するとふたりは矢のように飛んでいった。わしは当然、ふたりが本隊を探しに行き、本隊は待ち伏せをするか何かしてくれるものと思っていたが、ふたりが走っていったのは、ただ森に身を潜めるためだけだった。ファシストたちの隊列が通りすぎて、もう遠くのアルバの郊外の大通りに着いた頃になって、あのふたりは戻ってきてわしにこう言った。われわれふたりだけで、何ができただろうか、なんてな」

フランクが言った。「パスカルは今日にでも麓まで小隊を行かせて、チッチョからふたつのブレン(訳注：ブレン機関銃《空冷式の軽機関銃の一種で、第二次世界大戦中、英国や英連邦軍兵士が使用。口径7・62㎜。**Bren gun**ともいう。新英和大辞典》)のうちのひとつを返してもらうと言っている。ブレンがひとつあれば、あんな連中をやっつけるには充分すぎるだろう」

「もう行かせてくれないか——と農夫は言った——あまり遅くなると、女房が心配する。身重なんだ」

「本当にマンゴの部隊のジョルジョだったのか」とミルトンはしつこく訊ねた。

「絶対に間違いはない。顔は血だらけだったが」

「怪我していたのか」

「殴られたんだ」

「それで……牛車の上で、ジョルジョはどんなだった」

「こんなふうだった」と農夫は言い、ジョルジョの姿勢をまねて見せた。牛車の端に座らされ、荷台の棚に打ち込まれた支柱に上半身を縛りつけられていた。そのせいで姿勢は剣のように真っすぐになり、両足は荷車を牽いていた牛たちの尻尾と一緒になってぶらぶらしていた。

「あいつらはジョルジョを戦利品のように連れていったんだ――とフランクが繰り返した――アルバに入っていくときのことを考えてみろ。アルバの娘たちはどうなってしまうだろう、今日だって、今晩だって」

「娘たちに、なんの関係がある」とミルトンは目をぎょろつかせて、不意に甲高い口調になった。

「なんの関係もないか、何もないようなものだ。君も勘違いしているひとりのようだな」

「僕が？　しかし何を勘違いしているんだ」

「こんなことが始まってから、もうあまりにも長くなるということが、君にはわかっていない。おれたちは死ぬことに慣れてしまい、娘たちはおれたちが死ぬのを見ることに慣れてしまっている」

「まだ行かせてもらうわけにいかないだろうか」と農夫は訊ねた。

「ちょっと待ってくれ。ジョルジョは何をしていた」

「何かできたとでも思うのかね？　じっと前を見ていただけだ」

「兵士たちは、まだジョルジョを殴っていたのか」

「もう殴っていなかった――と農夫は答えた――捕まえたときには、すぐに殴りかかっただろう。しかし帰り道ではもう何もしていなかった。あいつらはもちろん、いつなん時であれ、どの丘からであれ、あんたたちが不意に姿を現すことを恐れていた。さっきも言ったとおり、あいつらは音もたてず、小さなヘビのように下りていった。だからジョルジョをそっとしておいたんだ。しかし、危険なところを脱したら、またジョルジョに飛びかかって、もう一度、少しはうっぷんを晴らしたということは大いにありうるだろう。で、わしはもう行っていいかな」

ミルトンはすでに司令部のほうに突進していた。フランクはその突然の動きに驚き、あとを追いかけながら叫んだ。「いまになって、なんで走るんだ」

司令部の入り口はマンゴの駐屯部隊の大部分が集まって塞がっていた。ミルトンは背を向けている人だかりのなかに入りこみ、自分とすでに自分のすぐ後ろまで来ていたフランクのために通り道をこじあけた。パルカルはすでに電話を握りしめ、そのまわりにはさらにもうひとつの輪ができていた。ミルトンはその室内の人だかりのなかにも割りこみ、最前列に立ち、シェリッフォと肘と肘をぶつけて横並びになった。シェリッフォの顔は死人のように真っ白だった。

パスカルが、回線がつながるのを待っているあいだに、フランクがぶつぶつと呟いた。「首をかけてもいい。師団中を探したって捕虜なんてひとりだっているわけがない」

「覚えておいてくれ、そのときはおれのために、白いバラの花飾りを注文してくれ」とほかの誰かが言った。

師団司令部が電話口に出た。回線の向こうにいたのは副官のパンだった。パンはすぐに、いま利用できる捕虜はいないと言った。ジョルジョがどんな若者だったか説明するようパスカルに求め、それからジョルジョのことを思い出したようだった。しかし捕虜はいなかった。パスカルはそれ以外の何人もの旅団長たちにも問い合わせた。なるほど規則によれば、下位の司令部によって捕虜にされた者たちは、全員ただちに師団司令部に移送されなければならないことになっていた。それでも良心を宥めるために、パスカルはレオにも、モルガンにも、ディアスにも、電話をかけずにいられなかった。

「レオのところに捕虜はいない——とパスカルは送話器に向かって言った——いまおれの前にはトレイソの部隊から来た奴がひとりいて、レオのところに捕虜はいないと合図している。おれはモルガンにもディアスにも電話してみる。とにかく、パン、取れたての捕虜がひとりでも手に入るようだら、さっさと処分したりしないで、すぐに車でおれのところまで送ってくれ」

「モルガンに電話しろ、いますぐ」とミルトンは、パスカルが受話器を置くと言った。

「ディアスにかけてみる」とパスカルはそっけなく答えた。

ミルトンはシェリッフォの様子をこっそり窺った。いま顔色は薄汚れた灰色になり、血の気は失せている。しかし、とミルトンは考えた。それはジョルジョの運命のせいじゃないだろう。ただ濃霧のなかに何百人となく散開していた敵のことを考え、いま頃になってようやく恐ろしくなってきたからではないのか。このシェリッフォの奴は、敵の兵士たちが通過していくのを目の前にしながら、何も見えていなかったのだ。何も考えず、迷子になった小鳥の羽ばたきに完全に気をとられていただけなのだ。

「可哀そうなジョルジョ――と、シェリッフォはぼそぼそと声を出した――昨日はなんて不快な夜だったことだろうか。いまどれほど苦しんでいることだろうか。あのヘーゼルナッツは、きっとまだ胃にもたれているだろう」

「もうなにもかも終わってしまったかもな、あいつのことは」と、ミルトンの背後で誰かが言った。

「話をやめろ」とパスカルは言った。電話が鳴っていた。

出てきたのはディアス本人だった。いないんだ、ここにも捕虜はいない。「おれのところのへビたちは――と彼は言った――ひと月前から、何も捕まえちゃいない」。金髪のジョルジョのことはよく覚えている、おれも辛くてならない、だけど捕虜なんか、ひとりもいないんだ。

顎髭を生やしたひとりのパルチザンで、ミルトンがはじめて目にする男が、銃殺はアルバのどこでやるんだ、と周囲の者たちに訊ねた。

フランクが答えた。「あっちだったり、こっちだったり。一番よく利用されているのは墓地の壁だろう。しかし線路沿いの斜面だったり、環状道路のどこかだったりもする」

「そんなことがわかっても、どうにもならないが」と顎髭の男は言った。

「おれは白いバラがいい」という声がまた聞こえてきた。

すでにモルガンが電話に出ていた。「呪われた諸君よ。ここにも捕虜はいない。そのジョルジョというのはいったい誰だ？　畜生め！　事の次第はこうだ。三日前、おれのところには捕虜がひとりいた。しかしおれはそいつを師団に送らなければならなかった。びしょびしょになったヒヨコのような奴だったが、すぐに第一級の道化師だということがわかった。まったくの驚きだったよ。そいつがおれたちのところにいた日、おれたちは一日中、腹を抱えて笑っていたものだ。パスカル、そいつがトトーとマカーリオ（訳注：トトーは本名アントニオ・クルティス〔一八九八～一九六七年〕。イタリアで広く人気のあった喜劇役者、俳優。マカーリオは本名エルミニオ・マカーリオ〔一九〇二～八〇年〕。もうひとりの人気のある喜劇役者で、突拍子もないユーモアで知られていた）の真似をするところを、おまえに見せてやりたかったよ。目に見えない架空のドラム一式を叩くところもな。おれはそいつを師団司令部に送り、処刑しないように頼んでおいたが、そいつも夜には墓に放りこまれていた。万事、こんな具合だ。畜生め。ところで、そのジョというのはどんな奴だった？」

「きれいなブロンドだった――とパスカルは答えた――取れたての捕虜が手に入るようだったら、あっさり片づけないでくれ、モルガン、師団司令部にも送らないでくれ。おれはパンとすでに話をつけてある。捕虜は車でおれのところに送ってくれ」

パスカルは受話器を置き、ミルトンのほうを見た。ミルトンは出口に向かって急いでいた。

「どこへ行く？」

「トレイソに戻る」ミルトンはわずかに振り返って答えた。

「ここに残って、おれたちと飯にしよう。いまさらトレイソに戻って何をするんだ？」

「トレイソのほうが先にわかる」

「何が？」

しかしミルトンはすでに外に飛び出していた。しかし外でも彼は別の人だかりに遭遇した。大勢の者が輪になってコブラのまわりに集まり、コブラは筋肉の盛り上がった二頭筋の上まで丁寧に袖をまくり上げ、そしていま架空の盥《たらい》に向かって身をかがめていた。「見ていろ——と彼は言った——みんな見ているんだ。ジョルジョが殺されたらおれが何をするか。おれの友達、おれの仲間、おれの兄弟のジョルジョ。みんな見ていてくれ。おれが捕まえた最初の男……そいつの血のなかで、おれは手を洗うんだ。こうするんだ」。そう言ってコブラは想像上の盥の上に身をかがめ、両手をなかに入れ、恐ろしいほど丁寧で優しい仕草で、自分の手を撫ではじめた。——こうだ。それに手だけじゃない。おれは腕もそいつの血で洗うんだ——そう言うと、前腕と二頭筋の上でも同様の行為を繰り返した——こうするんだ。見ていてくれ。もしもおれの兄弟のジョルジョが殺されたら——コブラは手を洗っていたときと同じように、優しく正確な口調で話していたが、ついにはこらえきれなくなって声を張り上げた——あいつらの血が欲しい！　おれは腋の下まで、あいつらの血のなかに、腕を突っ込むんだ！」

ミルトンはその場を離れ、村の入り口のアーチ型の門のところまで立ち止まらなかった。長いあいだ、ベネヴェッロとロッディーノの方角を見つめていた。どこを見渡しても霧は晴れている。低いところの薄暗い丘の前面に、何枚かの切手のように貼りついて残されているにすぎない。雨は規則的に静かに降りつづけ、すこしも視界の妨げにはなっていない。頭をほかの方角に向け、アルバのほうを遠方までじっと見つめた。空は市の上空で、ほかのところより陰鬱で、はっきりと紫色になっており、ここよりもはるかに激しい雨が降っていることを示している。捕虜になったジョルジョの上に、もしかしたらすでに死体となったジョルジョの上に、土砂降りの雨が降り、フルヴィアの秘密の上にも土砂降りの雨が降って、ふたりの秘密を、永遠に消し去っているのかもしれない。「僕はもうけっして知ることはできないだろう。僕は何も知らないまま、旅立つのだろう」

背後で誰かが走っている気配があり、ミルトンに向かって真っすぐに接近してきた。ミルトンは先を制して出発しようとしたが、間に合わず、フランクがすぐそばまでやってきた。

「どこへ行くんだ——フランクは息を弾ませていた——こっそり逃げ出すんじゃないだろうな。僕をここにひとり残さないでくれ。今日、ジョルジョの父親がきっと来る。息子と交換できる捕虜がいるかどうか、確認しに来る。もし君がいなくなったら、ジョルジョの父親の応対にあたり、話をすることができるのは、僕ひとりになってしまう。僕にはその勇気がない。こういうことを僕はいままでにも、トムの兄弟を相手に一度やったことがある。もう二度とやりたくない、少なくともひとりでは。お願いだ、ミルトン、僕と一緒にここに残ってくれ」

ミルトンはベネヴェッロとロッディーノの岩山を指さした。「僕はあっちのほうに行く。もしもジョルジョの父親が来て、僕のことも尋ねるようだったら……」

「尋ねるに決まってるだろう」

「僕は村を出て、ジョルジョのための交換用の捕虜を探しに行ったと言っておいてくれ」

「本当にそんなことを言っていいのか」

「君は誓ったってかまわない」

「それで、どこに探しに行くんだ」

大粒の雨がまばらに降っていた。雨滴は硬貨のように平たい感じがする。

「僕はオンブレのところに行ってみる」とミルトンは答えた。

「アカのところか？」

「おれたちアオのところには捕虜がいないんだから」

「だけどあいつらは、万一捕虜がいたとしたって、君にはけっして譲らないだろう」

「僕は……貸してもらうつもりだ」

「貸してだってくれやしないさ。互いに恨みがわだかまっている。アカの委員たちは完全に思いあがっている。あいつらの身体のなかは妬みで煮えくりかえっている。僕たちは英軍に物資を投下してもらっているのに、あいつらはそうじゃないから……」

「オンブレと僕は友達なんだ――とミルトンは言った――特別な友達なんだ。君だって知ってるだろ。僕は彼に個人的な好意の証として、捕虜をお願いするつもりだ」

フランクは頭を振った。「万一捕虜がいて、譲ってくれたとしても……どうせいやしないだろうけど、なぜならあいつらの手に落ちた捕虜は、間に合うわけがないんだ、そのままの状態で……、だけど万一いたとして、譲ってくれたとしたって、それで君はどうするんだ。ここに真っすぐ連れてくるのか」

「いや、そうじゃない――とミルトンは言い、両手をよじり合わせた――そんなことをしたら時間がなくなってしまう。誰でもいいから司祭を見つけ次第、先に行ってもらい、捕虜はアルバの丘の上で、最低限の手続きだけで交換する。万一の場合に備えて、ニックのところの誰かふたりに一緒に来てもらう」

雨滴がふたりの頭の上でつぶれ、制服をずぶ濡れにしていたが、雨が強まっていることにふたりが気づいたのは、並木道の木々の葉にあたる雨滴の音が、さらにパチパチと弾けるように強まってきたからだった。

「おまけにまた本降りだ」とフランクは言った。

「時間がなくなってしまう」とミルトンは言い、土手を下って、下方の小道に大股で降りていった。踵が泥のなかに、長く深くきらりと光る溝を刻んでいた。

「ミルトン！――とフランクは呼びかけた――君はきっと手ぶらで帰ってくるだろう。だけどももしうまく捕虜を手に入れて、交換に行くとしても、僕たちのアルバの丘の上に着いたら、警戒を怠らず、まわりにしっかり目を光らせているんだ。ペテンに気をつけろ、見かけに騙されるな。わかったか。こうした捕虜の交換は、ときどき恐ろしい罠だったりするんだ」

7

細かな雨が降りつづき、雨粒は肌にもほとんど感じられなかったが、雨の下で路上の泥はみるみると膨れ上がりつづけていた。ほとんど四時近くだった。道は上りだった。ミルトンは、オンブレの旅団に位置を測定され、監視される地域に、すでに入りこんでいるはずだった。そこで目を大きく見開き、耳をそばだてながら前に進み、急な斜面の端をまっすぐに歩いていった。一歩ごとに、弾丸がヒューッと鋭い音をあげ、すぐ間近を飛んでいくことを覚悟していた。アカの兵士たちは軍服に不信感を抱いていたし、また彼らには、イギリス軍の制服をドイツ軍の制服に見間違えるというおぞましい傾向があった。それゆえ歩きながら、斜面と低木の茂みにはしっかりと目を光らせ、とりわけ中腹のブドウ畑のなかの用具入れの小屋には警戒を怠らなかった。

ひとつの曲がり道を抜けたところで、ミルトンはぴたりと足を止めた。目の前に、どこにも傷みのあとの見られない小さな橋が現れた。「傷んでいない。ということは、地雷が仕掛けられているということだ」。川の流れと、橋の上流と下流の腐って黒くなっている植物を仔細に観察した。渓流は上流で両岸が切り立っている。そこで下流を調べてみることにした。草むらに下り、川岸に下りてみたが、最後の最後になって思いとどまった。《怪しい。罠の匂いがする。小道が踏み固められているのは、もっとはるかに下流のほうだ。人々がそちらのほうを渡っている以上、それにはそれなりの理由があるのだろう》。ミルトンはさらに下流に下ってから川を渡った。流れの途中にいくつかの岩が突き出ていたが、それでもふくらはぎまでずぶ濡れになってしまうのを避けることはできなかった。茶色い水は凍りつくような冷たさだった。

道はミルトンのすぐ上のところに続いていたが、川沿いの急斜面は高く切り立っており、泥土で膨れあがって光っている。泥は植物と斜面の突起を埋めつくし、小道を覆い隠してしまっている。ミルトンは神経を極度に緊張させて登っていったが、数歩登ったところで滑りはじめ、ふたたび平坦なところまで落下し、わき腹全体を泥だらけにしてしまった。両手で大量の泥を掻き落とし、ふたたび挑戦した。斜面のなかほどでよろめき、何か摑むことができるものはないかと、じたばたと空しい努力を繰り返した挙句に、ふたたび転がり落ちてしまった。おもわず怒鳴りそうになったが、瞬間的に歯を嚙みしめて口を閉ざした。歯を嚙みしめる音が周囲に聞こえるほどだった。ミルトンは泥を着て、泥を履いているも同然だったので、三回目は両肘と両膝をついて登っていった。なんとか道の端まで辿りつくと、カービン銃から泥を落とすことに専念した。そのとき上流のほうから、小さな土くれが転がり落ちていくような音が聞こえてきた。視線を遠方に向けてみると、道の左側の石灰質の岩壁の裂け目から、歩哨がひとりぴょんと飛び出してくるのが目に入った。村落はその岩壁のすぐ背後であるに違いなかった。たくさんの煙突から吐き出されてくる白い煙が、みるみると大気に消え去っていたからである。

歩哨は道の真ん中で足を大きく広げて立っていた。

「武器をおろせ、ガリバルディ――とミルトンは強い口調で言った――僕はバドリアーニ隊のパルチザンだ。君の指揮官のオンブレに話をしに来た」

歩哨はカービン銃の先端をわずかに下げ、前に進み出るようにミルトンに合図した。少年というよりわずかに年長に見えるくらいで、農民とスキーヤーのあいのこのような身なりをしている。ウール・キャップの中央で、赤い星が鮮やかな色を示している。

「イギリスのタバコを持っているだろう」。これが、歩哨が最初に口にした言葉だった。

「持っている、しかしこの天の賜物はほとんど終わってしまった」そう言ってミルトンはちょっと動揺しながら、クレイヴンA(訳注:イギリスのブランド煙草)の小箱を差し出した。

「二本貰っておこう」と若者は言い、自分で二本を抜き取った。「どんな味だ」

「やや甘い。それじゃ、僕を案内してくれるか」

ふたりは坂を登り、ミルトンは一歩ごとに軍服から泥を落としつづけた。

「それはアメリカのカービン銃だろう?　口径は?」

「八口径だ」

「じゃ、その弾はステンガンには合わないな。ポケットのなかにステンガンの弾が少しくらい紛れこんでいないか」

「生憎だが。だけどそんなものをどうするんだ。君はステンガンを持ってないだろう」

「なんとか手に入れるさ。だけど、ステンガンの弾をいくつか持っていないなんてことがありうるのか？　英軍から物資を落としてもらっているんだろう、君たちは」

「だけど見てのとおり、僕が持っているのはカービン銃で、ステンガンじゃない」

「僕は――と若者はさらに言葉を続けた――もしも君と同じように選ぶことができたら、ステンガンを選ぶだろう。ステンガンは連射ができる。僕は連射が好きなんだ」

道の縁の先に、下方の斜面のなかに乱雑に建てられた家の崩れかけた屋根が頭をのぞかせている。歩哨はその方角に向かって近道に入っていった。

「だけど、あれが司令部のはずはない――とミルトンは指摘した――衛兵所じゃないのか」

若者は斜面を下りつづけ、返事をしなかった。

「僕は司令部に行きたいんだ――ミルトンは執拗に言い張った――さっきも言っただろう、僕はオンブレの友達だ」

しかし若者は泥で膨れあがった農作業場のなかにすでに飛びこんでいた。わずかに振り返って言った。「ここを通ることになっている。誰が来ても、ここを通ってもらうようにと、ネメガから命令されている」

農作業場には五、六人のパルチザンの姿があった。立っていたり、しゃがみこんだりしているが、全員壁を背にして泥と雨だれを避けている。片側になかば壊れかけたポーチが続き、鶏小屋で塞がれている。ニワトリの糞の臭いが湿気でさらに強められ、薄暗くなりかけた空気中には悪臭が充満している。

パルチザンのひとりが視線を上げ、思いがけない裏声で言った。「おい、バドリアーニだぞ。こいつらはお偉方なんだ。見ろ、見てみろ、こいつらの武器と装備を」

「どれほど泥まみれかってことも、ちゃんと見といてくれよ」と、ミルトンは冷静に対応した。

「ほら、あれが例の有名なアメリカ製のカービン銃だ」と、もうひとりのパルチザンが言った。

次に三人目が、もはや妬みの気配などまったくない、大きな称賛の念に駆られて言った。「あれはコルトだ。写真を撮っておけ。ただのピストルとはわけが違う。小型砲のようなものだ。オンブレのジャマ(訳注：スペイン製のピストル)より大きい。本当にトンプソンと同じ弾を発射できるのか？」

歩哨はミルトンを後ろに従え、お粗末なベンチがふたつと、壊れかけた蓋つきの大箱以外にはまったく何もない広い部屋に入っていった。薄暗く、まわりがあまりよく見えない。若者は石油ランプに火をつけた。わずかに周囲が照らされ、べとつくような黒い煙が立ちこめ、思わずくしゃみがでた。

「ネメガはすぐに来る」と若者は言い、さっさと部屋を出ていってしまった。そのネメガというのはいったい誰なんだと、ミルトンは訊ねることもできなかった。

若者は岩壁の近くの哨所には戻らず、ほかのパルチザンたちと一緒に農作業場にとどまった。彼らのひとりが、鎖につながれた犬に銃の狙いを定めるふりをしている。ミルトンが通りすがりに気がつかなかった犬だった。

「用はなんだ」

ミルトンはその場で振り返った。ネメガは年配の男で、三十は過ぎているような気がする。顔つきはトーチカの前面のようで、両目と口が銃眼を思わせる。短めのレインコートが、降り続く雨に濡れて、ボール箱のような硬い四角形になっている。

「指揮官のオンブレと話がしたい」

「なんの話だ」

「直接、オンブレに言うつもりだ」

「で、おまえはオンブレと話がしたいと言っているが、そもそもおまえは誰なんだ」

「僕はバドリアーニ第二師団のミルトンだ。マンゴ旅団に所属している」。パスカルの旅団のことを口にしたのは、レオの旅団よりも大きく、よく知られていたからである。

ネメガの両目は細く、表情を読みとることはほとんどできなかった。

「おまえは将校か」とネメガは訊ねた。

「将校ではないが、将校の任務を引き受けている。で、あなたはなんなんだ。将校か、委員か、委員代行か」

「おまえたちバドリアーニに、おれたちが恨みを抱いていることくらい、おまえだってわかってるだろ」

ミルトンは気の滅入るような思いを味わいながら、興味に駆られて相手を見つめた。「それはどういうわけでだ」

「おれたちのところから抜け出していった奴を、おまえたちが受け入れたからだ。ヴァルターとかいう奴だが」

「それだけのことか？　だけど、それがわれわれの流儀なんだ。われわれのところでは誰でも自由に入ったり出たりしている。ファシストの部隊に入ったりしないかぎりだが、それは言うまでもあるまい」

「おれたちはおまえたちの射撃陣地まで行き、そいつを取り戻そうとしたが、おまえたちは返してくれなかった。それどころか、おれたちに回れ右をして、さっさと失せろと言った。さもないとブレンガンをぶっ放すぞ、と」

「どこでの話だ」とミルトンはため息をついた。

「コッサーノだ」

「われわれはマンゴの者だが、しかしわれわれだって同じようにしただろう。君たちは、もう君たちと肌が合わなくなってしまった男を取り戻そうとしたのが、間違いだったのだ」

「この際、誤解のないように言っておくが——とネメガは言い、指をパチンと鳴らした——おれたちはその男なんかどうでもよかった。問題だったのは武器だ。そいつはカービン銃を持って飛び出していったが、武器は旅団のもので、そいつのものだったわけじゃない。しかしその武器さえ、おまえたちは返そうとしなかった。だけどおまえたちは英国軍から物資を投下してもらい、あり余るほど多くの武器、弾薬を受け取っている。地面に埋めて隠しておかなければならないほど。おまえたちの仲間の陰に隠れて、ヴァルターが言っていたことは出鱈目だ。つまり、カービン銃があいつのもので、あいつが部隊に持ってきたなんていうのは。武器は部隊のものだった。ヴァルターのような役立たずは、さらに何人逃げだしたって一向にかまわない。しかしおれたちは武器を失うわけにはいかない。今度ヴァルターに会ったら言っといてくれ。道を間違えるな、おれたちの管轄地域のそばをぶらつきまわるなって、な」

「言っておこう。どの男がヴァルターだか教えてもらい、そいつに言っておくことにしよう。それじゃ、オンブレに会わせてもらえるか」

「おまえはオンブレを知っているのか。つまり、個人的にだ。噂だけではなく」

「僕たちはヴェルドゥーノの戦いで一緒だった」

ネメガはすこし驚いた様子だった。悪いことをしているところを見つけられてしまったという感じだった。ミルトンは、ネメガはヴェルドゥーノの戦いの頃はまだ高原地帯にはおらず、パルチザンにはなっていなかったということがわかったように思えた。

「そうだったのか――とネメガは言った――しかし、オンブレはいまいない」

「いないだって？　僕を相手に、あのヴァルターだの、つまらない騎兵銃の話なんかを始めたのは、いま頃になってオンブレはいないって言うためだったのか？　彼はどこにいるんだ？」

「外だ」

「外って、どこだ。とても遠くか」

「川の向こうだ」

「頭がどうかしてしまいそうだ。それで川の向こうに、何しに行ったんだ？」

「正直なところ、ガソリンのためだ。ガソリンとして使うための溶剤を探しに行った」

「今晩は戻らないのか」

「今晩中に戻ってこられるようだったら、たいしたものだが」

「僕がここに来たのは、とても重要で、急を要する問題のためだ。ここにファシストの捕虜はいないか」

「おれたちのところに？　ここに捕虜なんかいたためしはない。あいつらを捕まえた瞬間に、おれたちはあいつらを処分している」

「われわれは君たちより優しいわけではない――とミルトンは言った――そのなによりの証拠に、われわれのところには捕虜がいなくて、君たちのところに探しに来たんだから」

「そういうのもけっこう初めてのことだな――とネメガは言った――で、おれたちは捕虜を差し出さなければならないのか」

「貸してくれるだけでいい。通常の貸し借りだ。委員くらい、誰かいるんだろう？」

「まだいない。いまのところは、モンフォルテ師団の委員がときどきやってくるだけだ」

ネメガは石油ランプの明かりを大きくしにいき、戻りながら言った。「どうするつもりだったんだ。おまえたちのなかのひとりと交換するためか。そいつはいつ捕まったんだ」

「今朝だ」

「どこで」

「斜面の反対側、アルバ側だ」

「どうして」

「霧のせいだ。われわれのところはミルクの海だった」

「おまえの兄弟か」

「そうじゃない」

「それじゃ友達のひとりか。話はわかった。そんなことをするために、ここまで泥まみれになって登ってきたくらいだからな。しかしおまえたちだって、なんとか近くを探しまわって、ひとりくらい捕まえることはできるだろう」

「もちろん——とミルトンは答えた——僕たちの仲間はそのために動きまわっている。だからこそ君たちに返せると思っている。しかしそうはいっても、九月にブドウを収穫しにいくのとはわけが違う。数日はかかるだろう。その間にも、多分こうして僕たちが話し合っているあいだにも、僕の友達はすでに壁のところに立たされているかもしれない」

ネメガは呪いの言葉を吐いた。静かにだったが、語気は鋭かった。

「じゃ、捕虜はいないんだな」

「いない」

「いずれ僕はオンブレに会えるだろう。今日来たことを話すことにしよう」

「なんでも言うがいい――とネメガはぶっきらぼうに言った――おれにはこれ以上、すべきことは何もない。おれはおまえに、ここには捕虜はいないと言った。そしてそれは本当のことだ。しかし、ちょっと待て、なんでここに捕虜がいないのか、おまえに説明できる奴と話をさせてやろう」

「無駄なこと……、――とミルトンは言いかけたが、ネメガはすでに粗末な家の奥に姿を消し、パコ、パコと呼んでいた。

パコという名前を耳にして、ミルトンは身を震わせた。パコ。そいつが僕の知っているパコだったら。しかし、そんなはずはない。きっと、ほかのパコだ。とはいえパコという戦闘名のパルチザンが、そんなに大勢いるはずはない。

ネメガが疲れたような沈みがちな声で、峡谷のほうに向かってパコの名前をもう一度呼ぶのが聞こえてきた。

ミルトンが考えていたパコという名のパルチザンは、最初はバドリアーニで、夏のはじめの頃ネイヴェの駐屯部隊にいた。それからそのパコは、徴発の問題をめぐって指揮官のピエールと口論になり、いなくなってしまったが、そのパコがステッラ・ロッサに移ってしまったと考えていた者も、確かに何人かいないわけではなかった。《だけど、そのパコであるはずがない》と、ミルトンは結論を下した。

ところがやってきたのは、紛れもなくそのパコだった。以前とすこしも変わらず、太っているが、手足の関節が外れているかのように動きはしなやかで、手のひらはパン屋の窯ベラのように大きく、赤みがかった前髪が黄色みをおびた額に垂れさがっている。入ってくるとすぐにミルトンに気づいた。いつも社交的なタイプの人間だったが、ミルトンも一度だけ、感情を開けっぴろげにしたことがあった。

「ミルトン、古だぬきめ、ネイヴェの頃のことを覚えているか」

「もちろんだ。だけど君はあれからいなくなってしまった。原因はピエールか」

「とんでもない――とパコは答えた――みんなはピエールが原因でおれが逃げだしたと思っているようだが、それは本当じゃない。おれはネイヴェが嫌だったんだ」

「僕は嫌ではなかった」

「おれは好きになれなかった。しまいにはもうネイヴェにいることも、ネイヴェで眠ることもできなかった。きっとただの気のせいで、おれはおかしくなっていたのだろう。とにかくネイヴェの位置が気に入らなかった。ネイヴェがふたつの村落に分断され、真ん中に鉄道が走っているというのが気に入らなかった。しまいには時を告げるときの、ネイヴェの鐘の音を我慢することさえできなくなっていた」

「それでいまはガリバルディ隊で、うまくいっているのか」

「問題はなにもない。しかし重要なのは、アカかアオか、なんてことじゃない。重要なのは、この世に存在するかぎりのたくさんのクロを、抹殺するということだ」

「わかった——とミルトンは言った——オンブレのところにファシストの捕虜がいるかどうか、君にわかるか」

パコはすぐに頭を横に振った。

「イギリスのタバコはどうだ」とミルトンは言い、煙草の箱を差し出した。

「いいな、一本、喜んで味見させてもらおう。おれがガリバルディ隊にいたころ、イギリス軍はまだ物資を投下していなかった」

「オンブレが外だというのは本当か」

「川の向うだ。甘いタバコだな、女向きだ」

「そうだ。それじゃここに捕虜はいないんだな」

「来るのが一日遅かった」とパコは低い声で言った。

ミルトンは絶望的な笑いを浮かべた。「そんな話は、僕に聞かせないほうがよかったようだ、パコ。で、そいつは誰だった」

「リットーリオの伍長だった」

「僕にお誂え向きだったな」

「背の高い痩せた男だった。ロンバルディアの出身だった。捕虜を探しているのは交換するためか？　君たちの誰が捕まったんだ」

「ジョルジョだ——とミルトンは言った——マンゴの仲間のひとりだ。多分、覚えているだろう。あのハンサムな若者で、ブロンドで、お洒落で……」

「覚えているような気がする」

ミルトンは諦めて頭を下げ、肩の上でカービン銃の位置を正した。

「ちょうど昨日——とパコは低い声で言った——ちょうど昨日、おれたちはそいつを片づけてしまった」

ふたりは農作業場に下りていった。さっきいた五、六人はどこかに姿を消し、鎖につながれた犬だけが存在を示してそばに近づき、ふたりに飛びかかろうとして、首を絞めつけられたような唸り声をあげていた。信じられないほど暗く、狂ったような風が吹き荒れ、渦巻きが発生し、自分の尻尾に噛みつこうとしている犬のようにぐるぐると回っていた。

パコはミルトンと同行し、さらにしばらくのあいだ道を一緒に歩いた。「おまえはおれの好きなアオだった」と言った。

道の上で、パコはさらに言った。「そいつが銃殺された日のときのことを知りたくないか」

「知りたくもない。死んでしまったということさえ本当ならば、それで充分だ」

「それはおれが保証する」

「君がやったのか」

「そうじゃない。おれはただついていっただけだ。森のなかだったが、その森はここからは見えない。処刑が済むと、おれはすぐに逃げ出した。殺った奴が埋めるべきだ、そうだろう?」

「そうだな」

「あいつは二度、大声を張りあげた。なんて叫んだと思う? ドゥーチェ万歳!って、叫んだんだ」

「自分の意志を、貫ける男だったんだな」とミルトンは言った。

雨は降っていなかったが、斜めに吹きつける風の下で、アカシアの木々は悪意でもあるかのように、とげとげしく、斜めに雨滴を投げつけていた。ミルトンとパコが身を震わせる音が聞こえるほどだった。石灰質の大きな岩壁が、暗闇のなかでおぼろげな姿を見せていた。

パコはミルトンがもう嫌がらないだろうということを理解して話しはじめた。

「昨日の朝、おれはそいつのおかげで、ドゥーチェの野郎とずっと付きあわされてしまったよ。おれはあの男を預かっていたんだ。十時頃、オンブレはベネヴェッロの教区司祭をとっ捕まえるために、オートバイを送ったんだ。伍長が司祭に来てほしいと言ったからだ。このベネヴェッロの教区司祭については、昨日の朝おれは笑わせられたし、いまだっておまえを笑わせてやりたい。司祭はサイドカーから降りるとオンブレに駆け寄って言ったもんだ。「こんなことはもういい加減にしてくれ、おまえたちの死刑囚の告解を聴くのは、いつもわしの役目なんだ。お願いだ、この次はロッディーノの教区司祭を使ってくれ。あいつのほうがわしよりも若いんだし、それだけじゃない、住んでいるところだってわしほど遠くない。ちょっとくらい代わりばんこにし、交代制にしてくれたっていいだろう、われらの主イエス・キリストの名において、心からのお願いだ」

ミルトンは笑わなかった。パコは話を続けた。「そのとき、司祭と兵士は地下のワイン貯蔵室につうじる階段の真ん中あたりまで下りていた。おれと、ジュリオというもうひとりの兵士は、階段の上で、奴がおかしな動きをするようだったらすぐに抹殺できるように身構えていた。しかし連中の話は一言もわからなかった。十分ほどして、連中が上ってきたとき、最後の段のところで、司祭は奴に言った。『わしは神様からおまえの罪の許しを得てやったが、人間たちが相手となると、残念ながら、どうすることもできない』。そう言って司祭はこそこそと立ち去っていった。伍長はおれとジュリオと一緒になった。震えていたが、それほどひどくではなかった。『まだなにを待っているんだ。おれはもう準備はできている』と言った。おれは『まだおまえの番ではない』と言った。『それは今日じゃないということか』。「今日は今日だが、いますぐではない』。おれがそう言うと伍長は農作業場の真ん中で、五十センチほどの泥の上に崩れ落ちるように座りこみ、両手のあいだに頭を抱え込んだ。おれは言った。『手紙を書きたいようだったら、司祭が行ってしまうまえに渡すことができる……』。すると奴は言った。『誰に書けばいいんだ。おまえは知らないだろうが、おれはどこかの娼婦とめっぽう逃げ足の速い男のあいだに生まれた子供だ。もしかして、孤児院の院長にでも手紙を書けとでもいうのか』。するとジュリオが言った。『そうか、だけどこのおまえたちの共和国に、誰の子供でもない奴らは大勢いる』。それからすぐに五分ほど用足しに行かなければならないと言い、武器を置いて離れていった。『糞をしに行くんだろう』と伍長は言い、ジュリオの後を目で追おうともしなかった。『おまえは行きたくないか』とおれは訊いた。『まあな、しかしそれがおれにとってなんになる』。『じゃ、タバコでも一本どうだ』。そう言って、おれは箱を差し出したが、奴は断った。『おれにその習慣はない。信じられないかもしれないが、おれには喫煙の習慣はない』。『でもまあ、吸ってみろ。そんなに強くないし、結構いける』。『いや、おれは煙を吸うのに慣れていない。吸ったりしたら、もう咳が止まらなくなるだろう。だけど、おれは叫びたいんだ。最低、それだけはしておきたい』。『叫ぶって、いますぐにか?』。『いまじゃない、おれの最期のときだ』。『好きなだけ叫べばいいだろう』とおれは言った。『ドゥーチェ万歳! って、叫ぶんだ』と彼は予告した。『だから気が済むまで叫べばいい——とおれは言った——どうせ誰も腹をたてたりしない。ただ忘れるな、おまえは無駄骨を折るだけだ。おまえのドゥーチェは、途方もない臆病者だからだ』。『なんだって——と彼は激して言った——ドゥーチェは偉大な、誰よりも偉大な英雄だ。おまえたち、おまえたちこそ、とんでもない臆病者だ。おれたちだって、おれたちドゥーチェの兵士たちだって、とんでもない臆病者なんだ。もしそうでなかったら、もしもおれたちが、ぼけっと暢気に生きていたりしなかったら、いま頃はおまえたちを皆殺しにして、おまえたちの最後の最後の丘の上にまで、おれたちの旗を立てていただろう。しかしドゥーチェは、彼は誰よりも偉大な英雄だ。おれはドゥーチェ万歳って叫んで死んでいくんだ』。今度はおれが言い返す番だった。『さっきも言ったとおり、おまえは気のすむまで叫べばいい。しかし繰り返しておくが、おれに言わせれば、そんなのはまったくの骨折り損だ。おれは確信している、おまえのほうがはるかに立派に死んでいくだろうって。最期の瞬間を迎えたときのドゥーチェよりも。それもそう先のことではあるまい。地上に正義があるならば』。奴は言い返した。『おれも繰り返しておこう。ドゥーチェは誰よりも偉大な英雄だ。いままで誰も見たことがないような英雄だ。おれたちイタリア人はだれもかれも、おまえたちもおれたちも、ドゥーチェに値しない汚らわしい人間たちだ』。おれは言った。『いまおまえが置かれている状況を考えたら、おれはおまえと議論したいとは思わない。しかし、おまえのドゥーチェは途方もない臆病者だ。これまで誰も目にしたことないほどの臆病者だ。あいつの顔を見ておれはわかったんだ。聞いておけ。少し前のことだが、以前の新聞をおれはたまたま手にしたことがある。おまえたちが天下を謳歌していたころの新聞だ。あいつの写真がページの半分を占めていた。おれは一時間もかけてじっくりと写真を観察した。そうしておれはあいつの顔のなかに読みとったんだ。おれが自分の話にこんなに拘るのも、それはおまえが死ぬ瞬間に、ドゥーチェ万歳なんて叫んで、無駄なことをするのがおれには忍びないからだ。おれの目には、白日のように明らかに見えている。いまおまえの番が回ってきたように、いつかあいつの番が回ってきたとき、あいつは男らしく死ぬことはできないだろう。女のように死ぬことさえできないだろう。あいつは豚のように死ぬだろう。そのときのことが目に浮かぶようだ。なぜならば、あいつはとうてい想像もできないほどの臆病者だからだ』。『ドゥーチェ万歳』とあいつは言ったが、声は小さく、頭は握り拳のあいだに挟んだままだった。で、おれも辛抱強く言い続けた。『あいつは驚くべき臆病者だ。おまえたちのなかで最も見苦しい死に方をするような奴だって、あいつと比べたら、いつだって神のように見事に死ぬだろう。なぜならば、あいつは途方もない臆病者だからだ。地上にイタリアが存在するようになって以来、この世に存在した最も臆病なイタリア人だ。臆病であることにかけては、たとえイタリアが百万年存続したとしても、あいつに匹敵するようなイタリア人はもう生まれないだろう』。それでもあいつは『ドゥーチェ万歳』とおれに向かって、このときも低い声で繰り返した。そこへジュリオが戻ってきて言った。『急げと言っている』。おれは伍長に『立て』と言った。『もちろん――と彼は言った――陽の当たらないところに行こう』。しかし実を言うと、そのときは指の先端ぐらいの大粒の雨が降っていた」

ミルトンとパコは小さな橋の見えるところまで来ていた。

『ここで別れよう――とミルトンは言った――ただうんざりさせられるのは、また豚のように泥まみれにならなければならないことだ」

「どうして？」

「橋だ。地雷が仕掛けてあるんだろう？」

「なにが地雷なもんか。爆薬なんか、どこで見つけりゃいいんだ？　で、これからどうする？」

「仲間たちのところに戻る」

「おまえのその友達のためには、何をするんだ？」

ミルトンは躊躇ったが、正直に計画を打ち明けた。

パコは大きく息を吸い込んだ。息を吸い込む音が聞こえるほどだった。それから言った。「どこでやるつもりだ、アルバか、アスティか、カネッリか？」

「アスティは遠すぎる。アルバは僕の町だ。もしうまくいかなかったら……、自分の町で失敗することを考えるとぞっとする。それにみんなは僕を見に、大勢、列をなしてやってくるだろう。それにもしも混乱を引き起こして、追撃を逃れるために発砲しなければならなくなったりしたら、あいつらはすぐにジョルジョに腹いせをするだろう」

「残りはカネッリだな――とパコは言った――だけどおまえはおれよりもよく知っているはずだ。カネッリはサン・マルコ連隊一色だ。最悪の沼地で釣りをすることになる」

「背後から襲いかかれば、人間は誰だって同じようなものだ」

8

夜の十時頃、トレイソでレオと一緒にいる代わりに、ミルトンはサント・ステーファノとカネッリに面した大きな丘の裾にぽつんと立っている農家にいた。トレイソから歩いて二時間くらいのところである。

暗闇のなかで、ミルトンはその家を手探りで見つけだしたが、家そのものはよく覚えていた。低く歪んでおり、あたかも屋根に大きな平手打ちを食らい、そのまま修復されたことがないといった有様である。峡谷の凝灰岩と同じ灰色で、小さな窓の縁は欠け、ほぼ全体が悪天候のせいで腐りかけた木の仕切りで覆われている。木製の張り出し通路も朽ちはて、灯油用のブリキ缶の断片で継ぎがあてられている。建物の片側は崩れて、残骸が野生のサクランボの木の幹のまわりに積み重ねられている。その家が唯一美しく見せていたのは、元通りに修復された屋根の部分だったが、それはむしろ醜い老女の髪にさされた赤いカーネーションのように、不快な感じがする。

ミルトンは煙草を吸いながら、トウモロコシの穂軸の小さな炎をじっと見つめていた。盥の冷たい水のなかに夕食の皿を沈めていた老女に背を向けていた。すでに私服に着替えていたので、服装が充分でないような気がしてならない。とりわけ上着は軽く、そのせいで夏場のように、硬くやせ細った体形が強調されていた。炉端の角にカービン銃を立てかけ、自分のそばのベンチの上にピストルを置いておいた。

老女が視線を転じることなく言った。「熱があるね。肩をすくめるんじゃないよ。熱は馬鹿にするのが一番よくないんだ。ほんの少しだけれど、やっぱり熱があるんだから」

タバコを吹かすたびに、咳が出るか、あるいは咳を押しとどめようとして、身体がピクピクと痙攣をおこしていた。

老女が言葉を続けた。「今回は、まずいものしか出せなかったね」

「とんでもない――ミルトンは強い口調で言った――卵を出してくれた！」

「このトウモロコシの穂軸は、あまり暖かくならないだろ？　だけど薪は節約しておかないとね。冬はとても長くなりそうだから」

ミルトンは肩を動かして、同意した。「世界が始まって以来、もっとも長い冬になるだろう。六か月の冬に」

「なんで六か月なんだい？」

「僕たちがもう一回冬を過ごすことになるとは、誰も思っていなかった。誰かが、自分は予想していたなんて言うようだったら、僕は面と向かってそいつを嘘つき、ほら吹きと罵るだろう」。

ミルトンは老女のほうになかば身体を向けて言葉を続けた。「去年の冬、僕は子羊の毛皮のとても綺麗なジャケットを持っていた。四月のなかば頃、僕はそのジャケットを捨ててしまった。まだとても綺麗だったし、それに自分のものを捨ててしまうとき、僕の心はいつも少し締めつけられるような気がするけれど。考えてもみてほしい。まだ少年で兵士になっていなかった頃、僕はタバコの吸い殻を捨てるだけでも、心が締めつけられるような気がしてならなかった。とりわけ夜、暗闇のなかに捨てるときは。考えてみてほしい。そんな吸い殻の運命でさえ、僕の心を締めつけていた。あの毛皮のジャケットを、僕はムラッツァーノの近くで、生垣の向こうに投げ捨ててしまった。あの頃は、次の寒さが訪れるまでに、僕はファシズムを二回やっつけてしまうくらいの時間は充分あると信じていた」

「なのに？　なのに、いつ終わるんだろうね？　いつあたしたちは、終わったって、叫ぶことができるんだろう」

「五月だ」

「五月!?」

「だから僕は、冬は半年続くと言った」

「五月——と老女は自分自身に向かって繰り返した——確かに恐ろしく先の話だけど、でも少なくとも、あんたのように真面目で教育のある若者が言ってるんだから、それで終わるんだろうね。哀れな人たちにとって必要なのは、終わるということだけなんだよ。今晩からあたしは、五月になったらあたしたちの男たちも、以前と同じように見本市や市場や行くことができて、途中で殺されることもないって、本当にそう信じていたいと思うよ。若い人たちは戸外で踊ることができて、若い女たちは喜んで子供を宿すことができて、あたしたち老人だって、武装した外国人に出会うことを恐れたりしないで、農作業場に出ていくことができるんだろうね。そして五月の美しい夕べに、あたしたちは外に出て、互いに顔を合わせて、村の照明を眺めて楽しむだけで、充分気が晴れるだろうね」

老女は話し続け、平和な夏の光景を語りつづけていた。その一方で、ミルトンの顔には痛々しく苦し気な表情が浮かびあがり、ぴたりと貼りついてしまったようだった。フルヴィアがいなかったら、僕にとって夏なんてあり得ないだろう。僕はそんな夏の真っ盛りに、寒さに震える世界でただひとりの人間になってしまうだろう。しかしもしもフルヴィアが、泳ぎ渡ることのできた嵐の海の向こう岸で、僕を待ってくれているとしたら……。僕はどうしても知らなければならない。どうしても、絶対に、明日、あの金庫を破壊し、真実の書を手に入れるための金を引き出さなければならない。

そのようなことを、ミルトンがなにもかも考えることができたのは、老女が少し口を閉ざして、屋根に激しく当たる雨の音に気をとられていたからだった。

「そう思わないかい——と老女は言った——神様はあたしの家に、ほかのところより雨をたくさん降らせているんじゃないかって」

老女はミルトンの前を通りすぎ、大きな籠のなかに残っていたトウモロコシの穂軸を火のなかに放りこみ、ミルトンの前で立ちどまった。干からびて、油じみ、歯は欠け、嫌な臭いがし、わき腹に置かれた手は小さな骨の束のように見える。そこに若い女、老女のかつての娘時代の姿を目にしようとして、ミルトンは絶望的な気分になった。

「それであんたのお友達は？――と老女は訊ねた――今朝、不幸な目にあったその可哀そうな若者は？」

「わからない」とミルトンは答え、床の上に視線を逸らした。

「本当に苦しんでいるんだね。その人のために何もしてあげることはできなかったのかい」

「何もできなかった。師団中を探しても、交換できる捕虜はひとりもいなかった」

老女は両腕をあげて振りまわした。「だからわかるだろう？　捕虜は大切にして、今朝のような場合のために、とっておかなければいけないんだよ。だけど本当は、捕虜はいたことはいたんだよ。何週間か前に、家の前の小道を通りすぎていくのを見たんだから。目隠しをされて、両手は縛られていた。一緒にいたフィルポは、捕虜を膝で蹴とばして、無理やり歩かせていた。あたしは農作業場から、憐れんであげなくちゃいけない、あたしたちは誰だって、いつかは人の憐みに頼らなくちゃいけないことになるんだからって、叫んだんだよ。フィルポは恐ろしい形相であたしのほうを振り返り、あたしのことを年老いた魔女呼ばわりし、もしもすぐに身を隠さないと、あたしを射ち殺すぞって言ったよ。あのフィルポ、数えきれないくらい食事を出してあげたり、家に泊まらせてあげたりしたことのあるあのフィルポがね。よくわかるだろ、捕虜は大切にしておかなくちゃいけないんだよ」

ミルトンは頭を振った。「この戦争はそんなふうにしかすることができないんだ。それにそもそも、戦争を指揮しているのは僕たちじゃない。戦争が僕たちを指揮しているんだ」

「そうなんだろうね――と老女は言った――だけど今頃アルバでは、すっかり呪われた場所になってしまったあの町では、もう殺されてしまったかもしれないね。あたしたちがウサギを殺してしまうように」

「それはわからない。だけどまだだと思う。ベネヴェッロから戻ってくるとき、モンテマリーノの道で、僕はコモの駐屯部隊のオットに出会った。オットを知ってるかな」

「知っているよ。何回か食事を出してあげたり、泊めてあげたりしたこともあるし」

「オットはまだ何も知らなかった。オットがいる駐屯部隊はアルバに一番近い。だからもう銃殺されているようだったら、オットはもう知っていたはずだ」

「それじゃ、明日までは、心配しなくていいんだね」

「そういうわけでもない。アルバで一番最近銃殺された僕たちの仲間は、夜の二時に銃殺されている」

老女は両手を頭上にあげ、そのまま宙に浮かせていた。「もしもあたしの記憶違いでなければ、その仲間の人もあんたと同じように、アルバの人だったんじゃないのかい」

「そうだ」

「お友達だったんだね」

「僕たちは一緒に生まれた」

「で、あんたは？」

「僕が、どうしたって？——ミルトンはピクリと体を震わせた——僕に……僕に何ができるだろうか？」

「あたしが言いたかったのは、あんただって、そのお友達みたいなことになるんじゃないのってことだよ」

「もちろんだ」

「そんなことを考えたりするかい？」

「するよ」

「それでも、やっぱり？……」

「そうだな、それどころか、これまで以上に」

「だけど、お母さんはまだいるんだろ」

「いる」

「で、お母さんのことは考えないのかい？」

「考える。だけど、いつも後になってからだ」

「後って、なんの？」

「危険がすぎてからだ。危険の前とか、続いているあいだは、けっして考えない」

老女は溜息をつき、ほとんど笑みをもらした。ほとんど幸せそうな安堵の微笑だった。

「あたしは絶望のあまり――と老女は言った――苦しみのあまり、もう少しで、精神病院に送りこまれてしまうところだった……」

「だけど、どういうことだ?」

「ふたりの息子のことさ――と老女は答え、微笑みをさらに強めた――ふたりとも一九三二年にチフスで死んでしまった。ひとりは二十一で、もうひとりは二十だった。あたしはあまりにも打ちひしがれ、あまりにも気がおかしくなってしまったので、あたしのことを本当に愛している人たちでさえ、あたしを病院に入れようとしたんだ。だけど今、あたしは満足している。今、時間とともに苦しみも過ぎ去ってしまうと、あたしは満足して、心はとても穏やかだよ。ああ、あたしの可哀そうなふたりの息子は、なんて幸せなんだろう。地下で、人間たちから逃れて……」

ミルトンは片手をあげて、老女を黙らせた。コルトを摑み、ドアに狙いを定めた。「犬が――と老女に囁いた――犬の泣き方が気になる」

犬は外で低い唸り声をあげていた。ざわついた雨音をとおしても、鳴き声ははっきりと聞こえている。ミルトンはベンチからなかば腰を浮かし、ピストルを構えたまま、入り口に狙いを定めていた。

「わざわざ立つまでもないよ――と老女は、それまでより高い声で言った――あの犬のことはよくわかっている。あんなふうに鳴いているのは、危険があるからじゃなくて、自分に腹を立てているからなんだ。我慢することのできない犬でね。自分を堪えることができたためしがない。ある朝、農作業場に出てみて、あの犬が自分の足で自分の首を絞めているのを発見したって、あたしは驚かないよ」

犬はまだ苛立っていた。ミルトンはもうしばらく耳を傾け、それからピストルを置いて、腰を下ろした。老女は台所の遠い隅に戻っていた。

少しして、不意に、老女は好奇心に駆られてミルトンのほうを振り返り、なんて言ったのかと訊ねた。

「僕は何も言っていない」

「確かに何か言ったけどね」

「そんな気はしないが」

「あたしは年寄りだから、二十歳の若者と感覚の良さを競うってわけにはいかないけれど。だけどあんたは《四》て言ったよ、ほかの何かと一緒に。多分、あの四人のなかのひとり、とでも言ったんじゃないの」

「かもしれない、だけど気がつかなかった」

「まだ一分もたっていないけどね。四という数字にからんだ、なんかのことを考えていたんじゃないかい?」

「覚えていない。ここでは誰も、もう正常じゃない。いまでも正常なのは、雨だけだ」

実際、彼は《あの四人のなかのひとり》のことを真剣に考え、終いには確かに口から声に出していた。またそのことを考えつづけながら、脳からは鼻へと、茹でられた牛の肺臓の耐えがたい臭いが降りてきていた。あの日の朝、ヴェルドゥーノの居酒屋にあった牛の肺臓の臭いである。

アオとアカが力を合わせて戦うのはこのときが初めてだった。ヴェルドゥーノの駐屯部隊はバドリアーニで、それに連なる斜面はフランス人のヴィクトルが指揮するアカの旅団が占領していた。アルバ連隊の大隊はすでに谷底に現れていた。歩兵隊と騎兵隊がいたが、騎兵隊が姿を現したのは、最後の最後になってからだった。歩兵隊は軽率にも、偵察部隊もなく、側面の防御もおろそかで、つまりなんの警戒もしていなかった。ヴィクトルはすでに広場に来ていて、歩兵隊を双眼鏡でじっくりと観察して言った。「接近してくる段階では撃たないことにしよう。村が無防備で平和であるように思わせ、あいつらを道や広場で、至近距離から(訳注:原文フランス語:a bout portant)、出し抜けに攻撃するんだ。あいつらは罠にはまるまで気づかないだろう。知恵遅れの酔っ払いたちだ。そう思わないか?」。みんなは議論をしに居酒屋に入った。茹でた牛の肺臓のおぞましい臭いが立ちこめている。バドリアーニ隊の指揮官のエドはヴィクトルの計画に反対だった。そんなことをしたら、村はすぐに恐ろしい報復にさらされるだろう。それよりも、とエドは言った。村の外の開かれた戦場で通常の戦いをしたほうがいい。そうすれば勝敗の如何にかかわらず、良識的に考えて、村は戦闘の余波を免れることができる。「それこそ典型的な、恐ろしいほどアオの発想だ」と、オンブレはミルトンに囁いた。オンブレはその頃、まだただの分遣隊の指揮官だった。ミルトンと他の何名かのアオはヴィクトルの案を支持したが、エドはいつもの彼の方針に固執していた。エドは本物の将校のような頭の持ち主で、とりわけこう信じていた。たとえ最終的な勝利が確かであるとしても、パルチザンはそこに至るまでの大小のあらゆる戦闘に、いつまでも同じように敗北を繰り返すであろう、と。そこでヴィクトルは、半分フランス語、半分イタリア語で言った。「ヴェルドゥーノはおまえたちの駐屯地だが、おれはいまそのなかにいて、出ていくつもりはない。すると、おまえたちはヴェルドゥーノを外で守り、おれたちはなかで守ることになる。いずれにせよ、ヴェルドゥーノが巻き添えになることは避けられない。なぜなら、おれは自分の戦力だけではあいつらの接近を阻むことはできないからだ」。この意見にはエドも納得し、譲歩することになった。

　みんなは村のなかで敵を迎え、そのときまではどれほどわずかな気配も見せないことで意見が一致した。ミルトンは広場の胸壁の背後で待ち伏せすることにし、このとき隣に来て身を低くしたのが、まさにオンブレだった。ふたりはファシストたちが懸命に進んでくるのを一緒に見つめていた。一部は道を通り、他の一部は畑や草地を横切っている。後者の兵士たちのほうが大変な様子で、始終、滑っては転んでいた。地面から雪が消えて、まだ一週間にもなっていない。もし将校がいなかったら、兵士たちは全員、羊の群れのように道の上を歩いていただろう。いまや敵兵たちはすぐ間近にまで接近し、また空気は非常に澄んでいたので、ミルトンは優れた視力のおかげで彼らの顔を見分けることができた。顎髭や口髭を生やしている者もいれば、そうでない者もいる。ある者は自動小銃を、ある者はカービン銃を手にしている。それからミルトンは村の内部の自軍の配置に視線を転じ、公共斤量所の横手でヴィクトルと彼の兵士たちの大部分が、サンテチエンヌ・マシンガン(訳注:フランス製の機関銃)を構えて待ち伏せしているのを確認した。反対側に目を向けてみると、アオの兵士たちはアメリカ製の重機関銃で待ち伏せしている。さらに少しのあいだ胸壁の背後にいた後で、ふたりは四つん這いになって後方に退き、ミルトンは村役場のポーチの下の仲間たちと合流した。オンブレはどのグループにも加わらず、反対にできるだけひとりになり、タバコ屋の角の後ろに身を潜めた。最初に姿を見せた敵兵――背が高く、でっぷりとした軍曹で、顎髭は短く刈りこまれていた――が現れたのは、まさにそのタバコ屋の正面だった。オンブレはわずかに身を乗りだし、曲がり角の背後から連射を浴びせかけた。身体ではなく頭を狙っていたので、軍曹の頭蓋骨の半分がヘルメットとともに飛び散っていった。

オンブレの連射が一斉射撃の合図となった。ファシストたちは数発撃ち返しただけで、すっかり混乱し、もはや立ち直ることはできなかった。もっとも多くの敵兵に死をもたらしたのは、ヴィクトルのサンテチエンヌ・マシンガンである。戦闘が終わってみると、公共斤量所の前の路上には十八人の死体が横たわり、どれにも無数の弾丸が打ち込まれていた。斤量所の前の道は舗装されて、下り坂だったので、血はワインのように流れ、脳みその破片がその上を漂っていた。ミルトンはジョルジョ・クレリチが吐いて、意識を失い、重傷を負った兵士のように、みんなに面倒を見てもらわなければならなかったこと覚えていた。

銃撃の音はもう聞こえず、聞こえていたのは人々の叫び声だけだった。まだ生きていたファシストたちは苦しみの叫びを上げ、村の人々は悲鳴を上げていた。兵士たちは通りから逃げようとして周辺の家々に飛びこみ、ドアをこじあけ、ベッドの下やパンのこね箱のなかに隠れ、年老いた女のスカートのなかにまで潜りこみ、家畜小屋では飼料の下や家畜たちのあいだに身を潜めていた。横手の路地のなかをヴィクトルが馬のように走りすぎ、「突撃！　全員、突撃！（訳注：原文フランス語。**En avant! En avant, bataillon!**）」と叫んでいるのが聞こえていた。

あるとき、ふと気がついてみると、ミルトンはひとりになっていた。どうしてかわからなかったが、敵兵たちの死体を除くと、急に完全にひとりになっていた。そのほぼ完全な静けさとまったくの人気のなさのなかで、ミルトンは身を震わせた。すると自分のほうに近づいてくる静かな足音が聞こえ、彼は柱の陰に身を潜めて武器を構えた。しかし現れたのはオンブレだった。ふたりは親友のように、兄弟のように走りよった。その間にも、叫び声と銃声がふたたび聞こえるようになっていたが、それは勝利を祝う仲間たちによるものだった。ふたりは教会のそばにいた。ミルトンは小さな足音を聞いたような気がした。何人かが爪先立ちになってその場を逃れ、身を隠そうとしている。オンブレは、「聞こえたか」と視線で尋ね、ミルトンは「聞こえた」と顎で合図を返した。「教会のなかだ」とオンブレは囁き、ふたりは全身の神経を張りつめてなかへ入っていった。薄暗く、冷気に満ちている。洗礼堂から探りはじめ、次にひとつ目の告解所を調べた。呼吸音ひとつない。オンブレは顔を上げ、聖歌隊席を窺ったが、すぐにその考えを斥け、ベンチをひとつひとつ調べはじめた。そうしてふたりは一列ごとに主祭壇へ近づいていった。ふたりが主祭壇に近づいていくと、その後ろからひとりの兵士が、両手を頭上に上げて姿を現して言った。「僕たちはこの後ろにいる」。声はまるで少女のようだった。恐怖でいっぱいだったので、降伏することが救いであるような感じだった。オンブレは少年に向かってわずかに笑みを浮かべ、「外に出てこい、全員」と穏やかな優しい口調で言った。子供のいたずらを発見して、許そうとしている年配の人間の口調だった。隠れていた少年たちは、四人全員、両手を上げて祭壇の後ろから姿を現し、オンブレとミルトンが、そのようにもの静かに、目上の人間の態度を示し、蹴とばしたり殴りつけたり罵詈雑言を浴びせかけたりしないので、ほっとため息をついた。

全員、教会を後にした。太陽は二倍暖かく、二倍明るいような気がする。四人の捕虜はいつまでも瞬きを繰り返し、オンブレの赤い星とミルトンの青いネッカチーフに交互に視線を走らせていた。武器はずっと前に投げ捨てていたようだった。

ミルトンは本隊がすでに村を出て山の背に向かっていることに気づき、オンブレに急いで同じようにしたほうがいいと言った。村落を離れ、ほぼ山の背の方角にある丘に向けて、斜めに歩きはじめた。丘は非常に高いわけではなかったが、かなりふくらみを帯びて、植物も生垣もない。

突然、ミルトンは、三百メートルほど前方を進んでいた本隊の最後尾に混乱が生じているのに気づいた。不意に警報が響きわたり、兵士たちは闇雲に走りはじめている。混乱はミルトンの身体中をかき回し、その直後に、多くの馬たちが全速力で接近してくる蹄の響きがミルトンの耳を打った。本隊はばらばらになりかけていたが、ヴィクトルはただちに全員をまとめ、最も適切な行動に出た。全員に尾根まで疾走し、峡谷に飛びこむように命じたのである。人間にとっては傾斜路のようなものだが、馬にとっては絶壁に近い。兵士たちは崖の縁に辿りつくと、谷に飛びこみ、下方に転がり落ちて、安全な場所に辿りついたと確信することができたが、ミルトンとオンブレは銃撃の危険にさらされていた。はるか後方にいて、尾根まではまだ百四、五十メートルある。全速力で駆け上がるだけなら、簡単だっただろう。しかしふたりが走り出しても、状況を理解した四人は走りだそうとしなかった。「走れ！――とオンブレは命令した――走れ、気違いのように！」。しかし四人の走り方はまるで女のようだった。ミルトンは下方に視線を向けた。最初の馬たちが斜面を登りはじめ、ストーヴのように脇腹から湯気を噴き出している。捕虜たちは少しずつばらばらになり、一番下にいた少年は先頭を走っていた馬からおよそ百メートルほどのところで、騎兵たちにそれとなく合図を送っていた。騎兵たちはまだ発砲していなかったが、それはまだ距離があったのと、馬が死に物狂いで走っていたので、仲間たちを撃ってしまう恐れがあったからである。ふたりが灰緑色の制服(訳注：一九〇五～四五年のイタリア軍の軍服)を着ていれば区別することができたかもしれない。しかしオンブレとミルトンはさらに多くの彩のある服装だった。

「どうしようか」とオンブレは叫び、ミルトンは「おまえに任せる」と答えた。ふたりとも髪の毛は頭上で針のように逆立っていた。馬は五、六十メートルほどに接近し、斜めに全力疾走していた。そこでオンブレは、四人に距離を詰めて一塊になるように叫んだ。非常に居丈高な口調だったので、四人はすぐに従い、四人が一塊になると、オンブレはそこへ弾倉の弾をすべて撃ちこんだ。四人は一塊になって落下しはじめ、それからすぐ、それぞれがそれぞれに弾みをつけて、騎兵隊のところまで死体となって転がっていった。馬上の兵士たちの恐ろしい叫び声が聞こえてきた。ミルトンの意識を目覚めさせ、矢のように走りださせたのは、騎兵たちの恐ろしい叫び声だったである。というのもオンブレの行為によって、ミルトンの身体は完全に凍りついてしまっていたから。騎兵たちは発砲していたが、たとえ距離が三、四十メートルしかなかったとしても、命中したら偶然でしかなかっただろう。ふたりはともに尾根に辿りつき、ともにがむしゃらになって谷に飛びこんだ。谷底に辿りつくと、シダの葉のあいだから崖の縁を見上げてみたが、馬の姿はまだなかった。

ミルトンは胸を撫でさすりながら立ち上った。胸はいたるところに痛みが感じられる。

「どうしてここで寝ていかないんだい――と老女は言った――あんたがうちの屋根の下にいたって、あたしは少しも怖くないよ。今夜はたぶん何もないだろうし、明日の早朝だって何もないだろう」

ミルトンはピストルをケースに収め、上着の下でガン・ベルトを締めているところだった。「ありがとう。しかし、僕は今夜のうちに丘に登っておきたい。頂上までの道のりをすべて残したまま、目を覚ましたくない」

壁と暗闇と雨をとおして、ミルトンは丘を見ることができた。恐ろしい高さで、巨大な円頂丘を不動のまま波打たせている。

老女は執拗に言った。「好きな時間に起こしてあげられるよ。明日の朝、丘に登るにしたって。三時にだって、起こしてあげられる。あたしにはなんでもないことだ。どうせほとんど眠ってないんだから。横になっているだけさ、目を開けたまま、何も考えないか、死のことを考えるくらいで」

ミルトンは準備がすべて整っていることを手探りで確認した。ふたつの弾倉を点検し、ガン・ベルトの袋のなかにばらばらの弾丸が十あることを確かめた。「いや——と、それから言った——僕は丘の頂上で眠るほうがいい。そうすれば、目を覚ましたとき、あとはもう下りるだけだ」

「どこで眠るのか、もう決まっているのかい」

「ちょうど崖の縁の下に干し草置場がある」

「見つけられるかい、こんなに暗くて、雨も激しいのに」

「なんとかなるだろう」

「そこの人たちは、あんたを知ってるのかい」

「いや。しかし僕は誰も起こすつもりはない。犬さえ吠えなければ」

「そこまで登るのには、ずいぶん時間がかかるんだろう」

「一時間半だ」と言って、ミルトンはドアのほうに一歩進んでいった。

「少なくとも、雨が止むのを……」

「雨が弱くなるのを待っていたら、明日の正午になっても、僕はまだここにいるだろう」。そう言ってミルトンはドアに向けてさらにもう一歩進んでいった。

「何をするつもりなんだい、そんな私服姿で？」

「人と会うことになっている」

「誰と」

「解放委員会の委員のひとりだ」

老女は固く生彩のないまなざしでミルトンを見つめていた。「気をつけるんだよ。ひとりが死ぬよりも、ふたりが死ぬほうがもっと悪いんだから」

ミルトンは頭を下げた。それから「僕の武器と制服を預かってほしい」と言った。

「いまはあたしのベッドの下に隠してあるけれど——と老女は答えた——明日の朝、目を覚ましたら、よく乾いた袋に入れて、井戸のなかに垂らしておくよ。井戸の途中には四角い穴があって、あたしはそこに袋を押し込んでおく。鎖と長い棒を使って。あたしに任せておきな」

ミルトンは頷いた。「ほかのことはもうわかっているだろ。二晩経っても僕が戻ってこなかったら、してほしいことはひとつだけだ。袋を近所の人に渡して、マンゴまで送ってほしい。マンゴではパルチザンのフランクに渡して、それをトレイソの旅団長のレオに送るように伝えてほしい。何故だ、どうしてだ、と訊かれたら、たんにこう言えばいいと、伝えておいてほしい。ミルトンが立ち寄っていった。彼は私服に着替えて、それからもう戻ってこなかった、と」

老女はミルトンに人差し指を向けた。「だけどあんたは、二晩したらまた戻ってくるよ」
「明日の夜には、またお目にかかれるだろう」とミルトンは答え、ドアを開けた。

重く激しい雨が斜めに降り続いている。巨大な丘の塊は暗闇のなかに消え、犬はなんの反応も示さない。ミルトンは頭を下げて歩きだした。

入り口から老女が叫んだ。「明日の晩は、今晩よりおいしいものを出してあげるよ。それから、お母さんのことを、もっと考えるんだよ」

ミルトンはすでに遠く離れていた。風と雨水に押しつぶされそうになりながら、めくらめっぽうに、それでも道を誤ることなく歩き続けていた。『オウヴァー・ザ・レインボウ』を口ずさんでいた。

9

丘の突出部から、ミルトンはサント・ステーファノを見下していた。大きな村に人影はなく、音もなにも聞こえていないが、村中がすでに目覚めていることは、煙突から白く濃厚な煙が吐き出されていることからも明らかである。村と鉄道の駅を結ぶ長い直線の道にも人影はなく、その反対側のカネッリに向かう真っすぐな道路にも人影はない。金属製の橋の向こうでカネッリを隠している丘の高い稜線まで、完全に見通すことができる。

腕時計にちらりと目をやった。五時と数分を指しているが、時計はおそらく夜のうちに遅れていたのだろう。少なくとも六時にはなっているはずである。

地面は濡れて黒くなっているが、それほど寒くはなく、空は灰色であるが、ここ数日間見られなかったほど軽やかで広々としている。ミルトンのズボンには太腿の上まで泥が跳ねあがり、靴は泥土でできたニョッキのような姿になっている。

サント・ステーファノへと道を下り、葉が落ちて茎ばかりになってしまった茂みを迂回し、ベルボ川に船橋が架かっていることがわかっていた地点へと向かって行った。突出部の真下についてみると、流れのいくつかの部分を垣間見ることができる。水は黒く濁っているが、氾濫するほどのことはまだまったくなく、船橋は確かに健在である。歩いて渡らなければならなかったかもしれないと思うと、それだけで高熱に襲われたように身体じゅうが震えてくる。気分は悪く、とりわけ肺が痛みを訴えている。左右の肺に金属製の軟骨でできた突起物があり、それが互いに擦れあっているような気がする。それが意識を刺激し、苦痛を与えている。ひと足歩くごとに、全身が衰弱して哀れな状態になっているという感覚が、身体のなかで大きくなっていく。《こんな状態ではとてもできそうにない。試みることさえできないだろう。そんな機会が訪れないことを、むしろ願うべきではないのか》。それでも彼は下りていった。

とはいえ分水嶺の下の干し草置場で、彼はぐっすりと眠っていた。たちまち眠りに落ち、干し草の下に潜りこんで、口の前にわずかな隙間を作るのにかろうじて間に合ったくらいだった。雨が干し草置場のしっかりとした屋根に、激しく、それでも優しい音をたてていた。眠りは鉛のように深く、夢も見ず、悪夢にもうなされず、翌日に決行することになっていた困難で恐ろしい予定の影響など、まったくなかった。それから雄鶏の鳴き声と、谷のほうから聞こえてきた犬の哀れっぽい鳴き声と、雨の静けさのせいで目を覚ました。すぐに、積みあげられていた干し草の下から抜け出した。尻をついたままの姿勢で、干し草置場の端にまで跳ねるように移動し、足を空中にぶらぶらさせた。そこで完全に自分自身のこと、フルヴィアのこと、ジョルジョのこと、戦争のことを意識した。すると身体中が震えあがり、一回だけの長い震えが足の先にまで伝わり、夜が昼になってしまうことに、実際以上にもう少し上手に抵抗してくれることを心から願った。ちょうどそのとき、農夫が家から表に出て、家畜小屋に向かってぬかるみを抜け出してきた。灰色の奔流のように広がりつつある朝の光のなかで、まだ幻のようにぼんやりしている。ミルトンは顎を撫でていた。長くまばらな顎髭を撫でると、ほとんど金属質の音が周囲の数メートルにまで広がっていった。事実、農夫は上を見上げ、びっくりして足を止めた。「そこで夜を過ごしたのかね？ そう、そのほうがよかった。何も起きなかったし、わしは眠ることができた。わしの家の屋根の下にあんたがいるってことがわかっていたら、わしは目を瞑ることもできなかっただろう。しかしまあ、いまは降りてこい」。ミルトンは両足をそろえて農作業場に飛び降り、着地とともに大きな音をたて、泥のしぶきを広い範囲にまき散らした。飛び降りたところに立ったまま、頭を下げ、ガン・ベルトに繰り返し手を触れた。

「腹が減っているだろう――農夫は言った――しかし、あげられるような食べ物は何もない。わしの丸パンを譲ってやることならできるが……」。「いや、大丈夫だ」。「それとも、グラッパを一杯やるかね？」。「とんでもない」

パンを断わったのは間違いだった。いままでは自分が空っぽになり、中身を失い、下り坂のもっとも急な箇所ではほとんど重心さえ失ってしまいそうな気がする。カネッリが見えるところに辿りつく前に、どこかの一軒家に立ち寄って、パンをお願いするのがいいかもしれない。

ミルトンは平地に達し、急いで船橋のほうに向かって行った。それからあまりにも下流に向かっていたことに気がつき、三、四十メートルほど、流れを遡らなければならなかった。

びしょ濡れになり、形の歪んでしまった踏み台の上を通っていく。砂利だらけの川床の向こうで、村は相変わらず完全に沈黙を守り、静けさでみちている。
川床は広く、小石はまだ乾いていない泥土の上に積み重なり、ミルトンの足下で揺れ動き、足の裏から逃げ去っていった。誰の姿もない。川の流れに沿って村の大広場を取り囲んでいる、増築された家々の窓や背後の張り出し通路にも、老女や子供の姿は見当たらない。
ミルトンは自分が知っている小道を通って広場に出るつもりだった。一気に広場を横切り、村の反対側に出て、カネッリに向かう道の右側の田畑地帯に飛びこむつもりだった。もっとも、ここはステッラ・ロッサの支配地域であり、九十九パーセント、彼らのパトロール隊に呼び止められるおそれがあった。《おまえは誰だ。司令部はどこだ。なぜ私服なんだ。おれたちの支配地域で何をしている。おれたちの合言葉を知っているか?……》
土砂で埋まった川床の上を路地の入口へと急ぎ、腐ったイラクサの茂みのあいだを抜けていった。そのとき、軍が縦列となって接近してくる轟音が耳を塞いだ。六〜八台のトラックが、全速力で、村にいたる直線路の最後の部分を疾走しているようである。なんの叫び声も聞かれず、なんの動揺も見られないまま、村はすでに部隊が到着する突風のような騒音に包まれている。それでもミルトンの位置から上流に見える川床の上の家のなかから、なかば裸のままの男がひとり飛び出し、小石の上をベルボ川に向かって走っていった。がむしゃらに走っていたので、砂利が踵の下から弾丸のように周囲に飛び散っていった。男はあっというまに急流を渡り、瞬く間に丘の麓の立木のある岸のなかに消えていった。

騒音の様子から判断すると、部隊は速度を落として、広場のなかへと方向を変えているようである。そこでミルトンは弾かれたようにベルボ川に向かって走り出し、川岸のなかでも植物が大きな遮蔽物になっているあたりを目指していった。背後で何かが炸裂するような音が聞こえたが、それはおそらく扉が大急ぎで閉められたときの大きな響きにすぎなかったのだろう。

ミルトンは水のなかに飛びこんだ。あまりの冷たさに息ができなくなり、視力も失われてしまった。そのままめくらめっぽうに川を渡り、対岸に辿りつくと、すぐにシダの茂みの後ろに倒れこんだ。ただちに背後の丘を観察してみると、そこには誰の姿もなく、丘は静まりかえっている。そこでふたたび振り返って村の様子を窺った。そのように身体を半分ひねるだけで、全身がすでにどれほど泥まみれになっているか理解するには充分だった。

エンジンの音が止むとすぐその後、兵士たちが地上に飛び降り、走り回って広場の四隅を点検する音や将校たちの命令を下す声がミルトンの耳に届いた。カネッリのサン・マルコ連隊だった。彼らの姿が見えるようになったのはそのときだった。左手の最後の家の角から、すでに組み立てられた重機関銃を腕に抱えた分隊が現れ、ベルボ川に架かる橋に小走りで近づいていった。ミルトンは這ったままの姿勢で後退し、自分と橋の上の重機関銃のあいだの距離を少しでも大きくしようとした。距離はせいぜい四十メートルほどしかない。

重機関銃は欄干のそばに設置され、銃身はベルボ川を見下ろすピラミッド状の巨大な丘全体に向かってゆっくりと水平に回されて、最終的にはミルトンが下りてきた丘の道の最後の曲がり角に向けて狙いが定められた。そのすぐ後に広場から将校がひとりやってきた。武器が向けられている方角を承認している様子で、兵士たちと雑談を始めている。遠くからでも、将校が兵士たちの人気を得ようとしているのが窺われた。すると、将校はベレー帽を脱ぎ、ブロンドの髪の毛を片手で撫でつけ、それからまた帽子をかぶり直した。

ジョルジョと交換するのにぴったりだ、とミルトンは考えた。しかし将校が射程内に来るはずはなく、それどころか、兵士たちのなかで交換用の捕虜として最も適当でないような者でさえ、そばに近づいてくるとは思われなかった。兵士たちがやってきてまだ五分くらいしか経っていない。それでもミルトンはこの敵軍の突然の襲来が、途中で自分に獲物をもたらしたとはいえ、結局はカネッリまでの道程を二倍にし、平坦な道をほとんど急坂に変えることにしかならなかったということを理解した。そう考えただけで、自分が巨大な岩石のまわりを回っていかなければならない蟻のように思われてくる。

靴のなかで水が揺れ動き、それが身体中を震わせ、身震いは、吐きそうになりながら何も吐くことができないときの痙攣に変わっていった。続いて大きな咳の発作が喉にこみ上げ、ミルトンは腕を曲げてなかに顔を埋め、口をほとんど泥だらけにしながら、咳をできるだけ小さくしようとした。咳は何回か繰り返され、大きな音を発し、赤や黄色の星や閃光が閉じられた目の黒い視界のなかを駆けめぐり、ミルトンは痛手を負ったヘビのように地上をのたうちまわった。それから唇を泥だらけにしながら、もう一度橋に視線を向けた。兵士たちに聞かれた様子はない。彼らはタバコを吸いながら、ピラミッド状の丘の階層のひとつひとつに視線を走らせている。さっきの中尉はもう広場に戻っていた。

自分が精神的に動揺し、水や泥のなかを転がりまわっているうちに、ピストルを失くしてしまったのではないかという恐怖に襲われた。息を殺して太腿の上にゆっくりと手を伸ばし、それからケースの上にいきなり手を当ててみた。ピストルはあった。

小教区の鐘楼が時刻を告げていた。七時だった。鐘の音はもう一度繰り返された。住民たちはまだひとりとして活動している様子はない。無邪気な赤ん坊も、曾祖母も、負傷者の姿も見当たらない。流れに面した家々の並びは墓地の正面を思わせる。ミルトンは大きい広場のなかを兵士たちがすれ違い、将校たちが二軒のバールで暖かいものを飲みながら、ウエイトレスを困らせている光景を想像した。《おまえはパルチザンに恋人がいるんだろう。おれたちに適当なことを言うもんじゃない。パルチザンたちはどんなふうにあれをやるんだ?》

ほかの兵士たちは視界に入ってこなかった。ミルトンは長いあいだ橋の上の兵士たちを監視し続けた。彼らは絶えずタバコを吸い、周囲を観察し、いまは橋の下流の教会の方角にある川床の上の何かに、とりわけ注意を引きつけられている様子である。ミルトンもそちらの方角に首を伸ばし、橋のアーチの下を盗み見たが、何が兵士たちの関心をそれほど引きつけているのか発見することはできなかった。しかし、それから兵士たちのひとりが突然笑い声をあげ、ほかの全員もそれに続いて笑いはじめた。それから他のひとりの兵士がピラミッド状の丘の中腹を慌てて指さし、何名かが重機関銃の背後に飛びこんでいった。しかし、何事も起こらず、そのすぐ後には全員が寄り集まって、指さした男の背中を叩きはじめた。

どうすることもできなかった。せいぜい彼らのなかのひとりが用を足しに川床に降りてくるかもしれない、というくらいだったが、それも橋上の仲間たちに見守られてのことだろう。よくて彼らのひとりが、無鉄砲にも人気のない丘の道の入り口までひとりでやってくるかもしれないが、そいつにも何もすることはできないだろう。よくて射ち殺すことくらいだろうか。

激しい咳が出た。用心していなかった。それから丘の裾に向かって四つん這いになって後退しはじめた。ポプラの木立に辿りつくと、すぐに立ち上がって全身を伸ばした。全身が棒のようにポキポキと音をたてた。目の前に現れた最初の小道を通って、ふたたび丘を登りはじめた。もちろんまだ橋の上の重機関銃の有効射程圏内だったが、黒ずんだ丘の中腹にいるミルトンの姿を見分けることができる敵はひとりもいなかった。そこで彼は身体を屈めてゆっくりと、それでも安心してさして警戒することもなく坂を登っていった。震えながら、頭をゆり動かしていた。大きなつぶれた声で自分に言葉をかけた。「道は塞がれてしまった。あいつらのせいで、おれは途方もない回り道をしなければならない。しかも体調は最悪だ。家に帰りたい、家に。どうせ何も知ることはできないだろう。あいつはもう銃殺されてしまっただろう」

胸も腹も膝も泥だらけだった。丘を登りながら、一部だけでも泥を剝がそうとしたが、凍えた指先は思うように動いてくれない。泥を落とすのは諦めたが、泥にたいする嫌悪感はなんとか克服するように努めなければならなかった。

橋上の兵士たちの姿はもはや簡単な人物画にすぎなかった。彼のいた高さからは村の広場に視線を向けることもできた。トラックは六台で、第一次大戦の戦没者慰霊碑の前に駐車している。兵士たちは百名ほどで、ゆっくりと、しかし休むことなく行き交っている。

突然、彼は尾根へ向かう小道を離れ、中腹の道を横に進み、ピラミッド状の丘を目指して歩きはじめた。《まだ銃殺されていない。そして僕は、知らずにいることはできない》。雨と地滑りのせいで、小道はすべて見えなくなり、どのような起伏も崩れてしまっている。丘を横切りながら、足首まで泥につかっていた。数歩進むごとに立ちどまり、靴の重みを増している何キロもの泥を落とさなければならなかった。ピラミッド状の丘をなかば取り巻いている、森に覆われた地域を目指していった。サン・マルコ連隊がサント・ステーファノを急襲したことによって強いられた迂回は、まだ始まったばかりだった。

木々は雨で黒ずみ、風は吹いていないが、雫は音をたてて降り注いでいる。

森のなかへ入ってみると、人々が足を踏み鳴らし、あたふたと立ち騒いでいる音、さらに警告を告げ、運の悪さを嘆く不明瞭な声がすぐに聞こえてきた。そこでミルトンは片手を前に伸ばして言った。「怖がることはない。僕はパルチザンだ。逃げなくていい」

そこにいたのは丘に潜んでいた五、六名の男たちだった。森のなかに身を隠し、下方に見えるサント・ステーファノのファシストたちの動きを観察している様子である。全員マントで身を包み、ひとりは筒状に丸められた毛布を肩から斜めにかけている。みんな食べ物の小さな包みも持っている。もしも兵士たちが突然丘に向かってきたとしても、すぐに逃げ出し、二十四時間でも四十八時間でも、遠くにとどまっていることができるだけの心づもりと、必要な物資の備えはできているように思われる。

彼らは何も言わず、驚くほど泥まみれになったミルトンの姿にそっと視線を向けただけで、観察地点に戻っていった。雨の雫で帽子や肩がずぶ濡れになっても気にかけている様子はない。一番年配で、またこうした状況をもっとも上機嫌に堪えているように見えた男がミルトンに訊ねた。髪と髭が白く、潤んだまなざしをしている。「いつ終わると思うかね、愛国者よ」

「春」とミルトンは答えたが、声は極端にかすれて、響きは不自然だった。ミルトンは咳払いをして繰り返した。「春」

全員が顔色を曇らせ、ひとりが冒瀆の言葉を口にして言った。「だけどいつの春だ？　三月だって春だし、五月だって春だ」

「五月」とミルトンは特定した。

全員が茫然とした様子だった。それから老人が、どうしてそんなに泥まみれになったのかと訊ねた。

ミルトンはわけもなく赤くなった。「僕は斜面を転がり落ち、何メートルも腹ばいになって滑っていった」

「それでも、その日は来るんだろうな」と老人は言い、穴の開くような目でミルトンを見つめた。

「もちろん来る」とミルトンは答え、口を閉ざした。しかし老人は執拗にミルトンを見つめ続けていた。老人の貪欲な願望は満たされず、また実際問題として、宥められるということなどおそらくけっしてなかっただろう。「もちろん来る」とミルトンは繰り返した。

「で、そのときは――と老人は言った――あんたらはひとりも許さないんだろうな、そうであってほしいものだが」

「ひとりも――とミルトンは答えた――わかりきった話だ」

「全員だ、あんたらは全員を抹殺しなければならない。なぜならば、あいつらのなかのたったひとりでさえ、それ以下の価値しかないからだ。わしは言っておくが、あいつらのなかで最も悪くない奴にたいしてさえ、死刑は最も優しい刑罰なんだ」

「あいつらはみんな処刑する――とミルトンは言った――みんな意見は一致している」

それでも老人は話をやめなかった。「おれが全員と言っているのは、文字通りに全員という意味だ。看護師だろうが、コックだろうが、司祭だろうが。よく聞いておくんだ、若者。おれにはおまえを若者と呼ぶ資格があるはずだ。おれは肉屋が子羊を買いにおれのところに来るときだって、涙を浮かべてしまうような人間なんだ。それでも、その同じおれが、おまえにこう言うんだ。《全員だ、最後のひとりまで、おまえたちはあいつらを皆殺しにしなければならない》と。それから、これから言うことを、しっかり覚えておくんだ。たとえ勝利の日が来ても、もしもおまえたちが一部の奴らしか殺さず、憐みの情に駆られたり、血にたいする嫌悪感それ自体に駆られたりするようだったら、おまえたちは死に値する罪を犯したことになる。それこそ本当の裏切りなのだ。その偉大なる勝利の日に、腋の下まで血にまみれていないような奴は、自分は真の愛国者だなんて、おれのところに言いに来るんじゃない」

「心配は無用だ——とミルトンは言って、その場を離れようとした——われわれはみんな意見が一致している。ひとりでも許そうと考えるどころか……」

すべて言い終わらないうちに、ミルトンは歩きだした。まだ声が聞こえる範囲にいるうちに、農民のひとりが穏やかな口調で言うのが聞こえてきた。「いま頃になって、まだ雪が降っていないというのはおかしくないか?」

森がちょうど途切れるところで、崖沿いの長い道がピラミッド状の丘につながっている。駅に向かう直線道と平行に走り、それからまさに駅の正面で低くなっている。ミルトンはその道を尾根伝いに歩いて駅に下りていくことにした。それから駅を迂回し、開かれた田園地帯に入り、ときどき桑並木の背後に身を隠しながら、そのようにして金属製の橋を右手にして、カネッリの手前を遮っている山の支脈に辿りつく。そうすれば、とミルトンは考えた、いつかは本拠地に戻ってくるはずのサント・ステーファノの部隊に、ふたたび邪魔される可能性はすべて避けることができるだろう。

ポケットのなかを探り、タバコを二本取りだして較べてみた。一本は真ん中で折れ、もう一本は片側から中身が抜け落ちている。そちらを口に挟んでみたが、マッチを擦ることができる何か乾いた物の表面はまったく見つけることができない。コルトのグリップには確かにギザギザの入った両面があるにはあるが、そこを使う気にはなれなかった。惨めな薄笑いを浮かべて、タバコをポケットに戻し、崖沿いの道へと向かっていった。

道と並行している線路を絶えず目で追いながら歩いていった。線路は錆びて、ところどころ濡れて腐りかけた雑草の房に覆われ、見捨てられて、休戦の日以来(訳注:一九四三年九月三日、イタリアは連合軍と休戦協定を締結し、この協定は九月八日に公表された)、電車が走った形跡もない。ミルトンにとって、鉄道は依然として《九月八日》を意味していたが、それはおそらく永遠に続くことのように思われた。

家に戻ってきたときの自分の姿が目に浮かんでくる。汚らしい姿に変装し、疲れ切っていたが、横になりたいという願いなどまったくなく、座りたいとさえ思わなかった。九月十三日の曇り空の暑い朝だった。母親は信じることができず、彼の身体に触れようとし、いつまでも信じられないといった面持ちで、借りてきた衣類を脱がし、顔から埃を拭おうとしてくれた……。「ローマから⁉︎——と母親は言った——ローマから戻ってきたんだね! 私はこの小さなアルバの地獄のような光景を目の当たりにしていたんだ。そしてローマで起こっていることを想像していたんだよ。私はおまえにできるとは思っていなかった、わかるかい? おまえのような若者、いつも夢みたいなことばかり考えている……」。しかし彼にはできたのだった。できるということを疑ったことはなかった。ローマの終着駅で、あのすさまじい列車に乗ることができたからには。自分には幸運が訪れるということがわかっていた。軍隊に生じた途方もない混乱のなかでも、自分には幸運が訪れるはずだった。

「それで……トリーノのお嬢さんは？」。ミルトンは、母親がフルヴィアのことを言うのに必ず使っていた言葉を口にした。皮肉っぽい響きもあるが、同時に不安げで、おそらく何かを予言しているような言葉だった。「よくお見かけしましたよ——と母親は答えた——よく町なかにおいでした。軍務不適格と認められた若い人たちと一緒に」。それから視線を下げて言葉を続けた。「トリーノに戻られましたよ。三日前に」。そのときミルトンはすでに手探りで椅子を探しにいっていた。

サント・ステーファノの鐘楼が三十分を告げる鐘を弱々しく鳴らしていたが、それが八時半なのか、九時半なのか、ミルトンにはわからなかった。

支脈の麓で十時が告げられているのが聞こえ、それを鳴らしているのがカネッリの鐘楼であることは確かだった。

空には一点の曇りも霞もなく、いまでは完全に清らかに晴れ渡っている。雨は降っていなかったが、木々と灌木の葉はカサコソと単調な音をたてている。

ゆっくりと用心深く登っていった。凝灰岩の岩肌の小道は泥で覆われて非常に滑りやすかったからであり、また場合によってはカネッリから巡回に出るかもしれない偵察隊の行動範囲内にすでに入っていたからである。そのようなさし迫った不意の危険の可能性があったにもかかわらず、ミルトンはタバコを吸いたくてたまらなかった。しかしここでもマッチを擦ることができる乾いた面は、一センチ平方メートルも見つけることはできなかった。コルトのジグザグの入った銃把のことがあらためて心に浮かんできたが、自分のピストルをそんなふうに粗末に扱う気にはこのときもなれなかった。

そのうえまさにこの瞬間――ミルトンはこのとき、坂道を三分の二以上登ったところだった――支脈の向こう側の道の上からは、サント・ステーファノの急襲からカネッリに戻ってくる部隊の車列の轟音が聞こえてきた。その音から判断すると、トラックは轍跡が深くえぐられている路上を猛スピードで疾走しているように思われる。《あいつらは健在だな》とミルトンは思い、悲しい気分になった。轟音は谷底で急速に消えていったが、ミルトンはもう一度坂道に取りかかる前に、敵軍の騒音によって体内に生じた震えが、脊柱にそって完全に収まるのを待ちつづけた。全身を弱々しく揺り動かしているうちに震えも収まり、ミルトンはふたたび歩きだした。

自分が崖沿いの道から顔を出すことができるようになる頃には、部隊は全軍すでに兵舎に戻っているだろうとミルトンは計算した。この点に関して、ミルトンはサン・マルコ連隊が以前の《ファッショの家》に宿営しているということを知っていたが、まだカネッリには行ったことがなかったので、それがどこであるのかということまでは知らなかった。それでもなかば農村風で、なかば産業都市でもあるような大きな村で、宿舎を特定することは一目でできるだろうと考えていた。兵舎のことを目的地のように考えていたわけではない。それでも欠かすことのできない標識になるだろうとは思っていた。

さらに歩みを速めて坂を登り、尾根のすぐ近くで息を潜め、下方に横たわる村をすぐにでも目にすることができるだろうと期待していた。しかしそのあたりで尾根は丸みを帯び、野生のチョウセンアザミが点在している耕されていない広い野原になっていた。背を屈めて野原を横切り、左右に警戒を怠らなかった。目に見えるただ一軒の家は、左手百四十メートルほどのところで、わずかに屋根をのぞかせている。屋根は雨に濡れた植物が乱雑に絡みついて黒ずんでいる。

崖沿いの道の端で均衡を保っている茨の茂みの背後にまで、ミルトンは足を滑らせながら辿りついた。茂みの後ろに身を潜め、枝のあいだからカネッリを見下ろしてみる。視線を一度投げかけ、すばやく全体をとらえた後で、傾斜地を登ってくる小道や小さな山道を点検し、パトロール隊が活動していないかどうか確認した。なんの気配もなく、誰もいない。そこで村を観察することに神経を集中した。

村は完全に、不自然なほど、人気がなく静まりかえっている。本来ならばどれほど小さな村落からでも、立ち上ってくるようなざわめきさえ伝わってこない。住民たちの生活感がこのように全面的に失われているのは、サント・ステーファノから戻ってきた部隊が、村のなかをたったいま通りすぎたばかりだからだろうとミルトンは考えた。人々の存在を示す唯一のしるしといえば、煙突から吐きだされる白く濃い煙くらいだったが、煙はすぐに白く低い空のなかに紛れていった。《ファッショの家》はすぐに見分けることができた。色褪せた大きな赤い立方体のような家で、漆喰はかなり剝げ落ち、窓は衝立と砂嚢でなかば塞がれている。小塔の上では、当然、見張りが双眼鏡を手にしているはずだった。しかしまたその見張りが、ミルトンがいる斜面の真向かいの、アカの兵士たちが無数に潜んでいる丘のほうに、絶えず監視の目を向けているということも充分に考えられる。

視線を兵舎の中庭に投げ入れようと努めてみた。側面の高い壁のせいで、見分けることができたのは人気のない中庭の一部分と、その奥のやはり誰の姿も見あたらない柱廊だけである。

身を乗りだして、自分がいる斜面の麓にある集落を点検してみた。なんの音も聞こえず、人の気配もない。完全に田舎風の近郊住宅地で、大きな製材所があるにはあるが、操業されている様子はない。

ミルトンは溜息をついた。何をしたらいいのかわからない。ボタンの外れたホルスターの上に手を置いてみたが、何をしたらいいのかわからなかった。地面の小さな隆起の向こうに葦の茂み見える。そこまで、数回飛び跳ねるようにして辿りつき、葦のあいだからもう一度村を点検してみた。何も変わらない。煙突から吐きだされる煙が少し際立って見えるだけである。

さらに下りていく以外に、何をしたらいいのかわからなかった。二番目のゴール地点として、農作業用の道具を収容しておく小屋を選んだ。小屋は四本の柱の上に屋根があるだけの簡単なもので、ブドウ畑のなかにあり、そのあたりはすでに丘の中腹である。そこへ行くための小道はあるが、真っすぐで傾斜は険しく、兵舎の小塔から一直線に見える位置にあるので、あえてそこを通って行く気にはなれない。そこで樹木のあいだを抜け、ブドウの若枝と針金を捻じ曲げ、硫黄のように黄色くパテのように粘り気のある泥のなかに足首まで突っ込みながら、小屋に辿りついた。ブドウを支える棒の後ろに身を潜め、すぐに頭を横に振った。物悲しくなるほど茫然とした気分だった。《僕のやるようなことじゃない——と彼は思った——本当に、僕にやれるようなことじゃない。僕と同じくらい、こんなことがうまくできそうにない奴なら、もうひとり知っているし、そいつは僕以下かもしれないが、そいつこそジョルジョなんだ》

それでも、まだ降りていく気力は残されていた。平野部につながる未開墾地に接して最後のブドウ畑があり、その外れに硫酸銅を入れておく容器があるのが目に入った。もっと下りておいたほうがいいだろう。たとえ村をパトロールする巡視隊が不意に姿を現して、逃げていかなければならなくなったとしても。僕は横に逃げるんだ。右でも左でも構わない。いずれにせよ、斜面をもう一度登っていくのだけは真っ平御免だ。斜面は下から見上げてみると、泥で覆われた城壁のようだった。

ピストルを握りしめながら降りていった。スズメが一羽、小道から羽ばたいていったが、慌てふためいている様子はない。村のなかに、鈍く、広範囲にわたって、得体の知れない轟音が響きわたった。巨大な製鉄所でしか聞かれないような音だが、そのようなものはカネッリにはない。

轟音は繰り返されず、村のなかにはなんの反応もなかった。兵舎は直線距離にして百メートルも離れていない。沈黙があたりを領し、兵舎の裏側に積みかさなっている丸石に、ベルボ川の水が打ち寄せている音さえ聞こえるような気がする。

硫酸銅の容器の後ろにうずくまり、ピストルを太腿の上に置いて、容器の冷たいセメントに片腕を巻きつけた。そこからはサント・ステーファノへ向かう道がところどころ垣間見えている。轍の跡が深く刻まれ、小さな穴だらけになっている。このようにして最後の傾斜地を下ってみると、大きな製材所ははるか左になり、思っていたよりも遠くになってしまっていた。残念な気分だったが、それは絶望的な状況に追い込まれたときに、木材の積みかさねられている製材所は一時的な格好の隠れ家となり、また逃亡のための迷路になってくれるだろうと思っていたからである。

自分の駐屯部隊、トレイソの村、そしてレオという人間に、ミルトンは激しい郷愁の念でいっぱいであった。

右手から絶え間なく連続したざわめきが伝わり、ミルトンはそちらのほうで、真下に一軒の家のある短い急斜面を、ブドウ畑が崩れ落ちていったのだろうと考えた。煙の渦がここからは見えない煙突から吐きだされ、すぐに白い空に呑みこまれていった。

ピストルを握りしめた。物音がしたからだが、それは大通りの手前の最後の家の張り出し廊下の上で、出入り口が軋んだ音にすぎなかった。女が部屋から姿を見せ、壁からまな板を外してなかに戻り、丘のほうには目もくれなかった。犬の鳴き声も，ニワトリの鳴き声もしない。空にはスズメ一羽飛んでいなかった。

そのとき、右手の視界の外れのほうに黒い影が現れた。影の先端はちょうどミルトンに軽く触れている。硫酸銅の容器の背後に全身で転がり込み、影の本体のほうに向けてピストルの狙いを定めた。しかしすぐに唖然となって銃口を降ろした。現れたのはひとりの老婆で、全身、油まみれの黒い服に包まれている。唖然となってしまったのは、十四、五メートルほどの距離があり、陽射しがなかったにもかかわらず、自分がその影によって文字通りに押しつぶされたような気になっていたからである。

老婆は彼に話しかけていたが、ミルトンに理解することができたのは平たく青ざめた唇の動きだけだった。ニワトリが一羽、ブドウ畑の端までついてきて、畝の泥をひっかきまわしている。老婆はスカートの裾をたくし上げ、ミルトンのいる畝のなかに入ってきた。男物の靴を履き、泥を跳ね上げて音をたてている。

支柱のところで老婆は立ちどまって言った。「パルチザンだね。ブドウ畑で何をしているんだい」

「僕に話してほしいんだが、こっちは見ないでくれ——とミルトンは囁くような声で言った——どこか空中を見ながら、僕に教えてくれ。兵士たちはここまで来るのか」

「あいつらのことは、もう一週間見ていないね」

「もう少し大きな声で話してくれ。いつもは何人くらいで来る？」

「五、六人——と老婆は答え、顔を上空に向けた——一度、部隊の全員が通っていったこともある、全員、鉄のヘルメットをかぶって、でもたいがいは五人か六人だね」

「ひとりで来ることはないのか」

「今年の夏と、それから九月になってからも来たけれど、ブドウを盗みにだった。だけど九月以降は来ていない。あんたはブドウ畑で何をしているんだい」

「何も心配することはない」

「心配なんかしていないよ。あたしはあんたたちの味方なんだ。そうせずにはいられないよ、あたしの大きな孫たちがみんなパルチザンだっていうのに。あんただって、知っているかもしれない。みんなステッラ・ロッサなんだ」

「僕はバドリアーニだ」

「ああ、それじゃイギリス軍みたいな恰好をしているパルチザンの仲間なんだ。だけどどうして浮浪者みたいな恰好をしているんだい。ブドウ畑で何をしているのか、教えてくれないかい」

「あなたたちの村を見て、観察している」

老婆は不安にかられ、混乱した様子だった。「もしかしたら攻撃するためかい？　気が狂ってしまったんじゃないだろうね。まだ早すぎるよ！」

「こっちをじっと見ないように。上のほうを見ていてくれ」

空を見上げながら、老婆は言った。「あんたらは、あんたらが守っていけることだけに取り組むべきなんだ。あたしたちは解放されれば嬉しいけれど、それは決定的に解放されたときだけだよ。じゃないと、あいつらはまた戻ってきて、あたしらに血の代償を支払わせることになる」

「攻撃しようなんて、僕たちは夢にも考えていない」

「いま考えてみてわかったよ――と老婆は言った――あんたがどんなふうに攻撃したらいいのか調べるために来たなんて、ありえない話だからね。あんたはバドリアーニで、カネッリを攻撃するのはステッラ・ロッサなんだから。カネッリはステッラ・ロッサが取り返すことになっているんだから」

「そのことは了解済みだ――とミルトンは言い、さらに言葉を続けた――お願いしたいことがあるんだが。僕は昨日の夜から何も食べていない。家に戻って、丸パンをもってきてくれないだろうか。もう一度ここまで泥まみれになることはない。畝の先のところから投げてくれればいい。飛んでくるところを受け取るから、大丈夫だ」

鐘楼が十一時の最初の鐘を鳴らしたところだった。

老婆は鐘が鳴り終わるのを待って言った。「それじゃ行って戻ってくるよ。だけど犬にあげるように投げたりはしない。パンとベーコンでサンドイッチを作ってくる。投げたりしたら、空中でばらばらになってしまう。それにあんたは犬じゃないんだから。あんたたちはみんな、あたしたちの息子なんだ。あたしたちはあんたたちを、いなくなってしまった息子たちの代わりだと思っているんだ。あたしのことも考えておくれ。息子はふたりともロシアに行ってしまったんだよ。

いつ帰って来るかも知れないんだ。だけどあんたはここで何をしているのか、まだ教えてくれていないね。ブドウ畑に身を潜めて」

「あいつらのなかのひとりを待っている」とミルトンは老婆のほうを見ずに答えた。

老婆は弾かれたように顎を高く上げた。「ここを通ることになっているのかい」

「そういうわけじゃない。見つかればどこでもいい。住宅地の外ならば、ふたりにとって好都合だ」

「殺すのかい」

「いや。生きていないと役に立たない」

「あいつらは死んでしまわないかぎり、なんの役にも立ちゃしないよ」

「わかっている。だけど、死んでしまったら僕の役に立たない」

「そいつをどうするつもりなんだ」

「上のほうを見ていてくれ。ブドウ畑に気をとられているふりをして。僕はそいつを仲間のひとりと交換するつもりなんだ。仲間は昨日の朝、捕まってしまった。もし交換できないと……」

「可哀そうな若者。このカネッリで捕虜になっているのかい」

「アルバだ」

「あたしだってアルバがどこにあるかくらいは知っている。どうしてそんなことをしに、カネッリに来たんだい」

「僕はアルバの人間だからだ」

「アルバ――と老婆は言った――一度も行ったことはないけど、どこにあるかくらいは知っている。一度、行くはずだった、電車で」

「心配することはない――とミルトンは言った――食べ物を貰ったら、すぐにブドウ畑を出て、大通りに移動する」

「待っていておくれ――と老婆は言った――食べ物を持ってきてあげるから。あんたが言っていたことは大変な仕事だ。おなかをすかせてできるようなことじゃない」

老婆はすでに畝伝いに遠ざかり、泥は衣服の端にまで跳ねあがっていた。振り返って最後の視線を投げかけ、急な斜面を下りていった。

十分が過ぎ、十五分、二十分が過ぎても、老婆は戻ってこなかった。ミルトンはもう戻ってこないだろうと考えた。老婆はたまたま彼に出会い、どうでもいいことをあれこれと話し、それから面倒なことから逃れていったのだろう。老婆の後をつけたり懲らしめたりする時間も意欲も、ミルトンにはないということくらいわかっていたんだから。ミルトンはそう確信していたので、行き先さえはっきりしていたら、すでにどこかへ移動しているところだった。

しかしちょうど半の鐘が鳴っていたとき、老婆はふたたび姿を現した。大きなベーコンのスライスが挟まれた大きなパンを背中に隠すようにして持っていた。ミルトンはパンを力いっぱい押しつぶし、自分の口の大きさに合わせなければならなかった。勢いよく嚙みつづけた。ベーコンのスライスは分厚く、脂身がとても強かったので、分厚いパンをかじったあとでも、噛みしめているとむっとするほどだった。

「もう行っていい、どうもありがとう」。ミルトンは最初の一口を済ませると言った。

しかし老婆は目の前にしゃがみこみ、畝の支柱に背をもたせ掛けた。ミルトンは目に飛び込んできたものから視線を逸らした。細紐で吊り上げられた黒いウールの靴下の上で、灰色の太腿は肉を失っている。

「何をしている？　もう僕に必要なものは何もない」

「ちょっと待っておくれ、いま言うから。あんたの役に立つかもしれない話なんだ。娘の夫が自分で言いに来ようとしたけれど、あたしはなんとか説得して、家にいてもらうことにし、あたしが来ることにしたんだよ」

「どういうことだ？」

「ステッラ・ロッサにいる孫たちのなかでも一番年上の孫に、だいぶ前からあたしたちが言おうと思っていたことなんだ。だけどいま、あんたに言ってもいいんじゃないかって思ったんだよ。あんたのことは急を要する問題で、これ以上待てそうもないんだから」

「だから、いったいどういう話なんだ？」

「つまり、あんたが探しているファシストについて、いい情報をあげられるんじゃないかってことだよ」

ミルトンはサンドイッチを硫酸銅の容器の縁の上に置いた。「言っておくけれど、僕が探しているのは兵士で、ファシストの市民じゃない」

「兵士だよ、教えてあげようと思っているのは。軍曹さ」

「軍曹」とミルトンは関心を惹かれて繰り返した。

「その軍曹は――と老婆は答えた――始終こちらのほうにやってくる。ほとんど毎日、それもいつもひとりで。女に会いに来るんだ、洋裁師で、あたしたちの隣人だけど、残念ながら敵なんだ」

「どこに住んでいる？　すぐに家を教えてくれ」

「いま言ったとおり、その女はあたしたちの敵だから教えてあげたいけれど、ただあんたに情報を提供するのは、けっしてその女に意地悪をしたいからじゃない。あんたがあんたのお友達を救い出すのを、助けてあげたいからだけなんだ」

「よくわかった」

「確かにその女は、あたしたちととりわけあたしの娘に、ずいぶん酷いことをたくさんしてきたんだけどね。不潔な女で、それはもうわかっていると思うけど、いまその軍曹としていることなんて、いままでやってきたことに較べたらまったく取るに足らないくらいのものだよ。二十歳になる前にすでに三回も中絶していたって言えば充分だろう。カネッリとこのあたりで一番汚らしい女で、世界中を見渡してみたって、もっと不潔な女がいるかどうか、わからないくらいだよ」

「だけど、どこに住んでいるんだ」

それでも老婆は同じ調子で話を続けた。どうすることもできない執拗さだった。

「その女はあたしの娘と娘婿のあいだに、とんでもない不幸をまき散らしたんだ。娘婿はこの辺の人間じゃなかったけれど、軽率にもその女の言うことを信じてしまい、そんなことは真っ赤な嘘だってあたしたちが誓って言ったたって信じてくれなかった。もっともいまでは結局、その女がどういう女かということもわかって、娘とは以前よりもうまくいっているけどね。あの不潔な女があたしたちに毒を盛ろうとした以前以上に」

「わかった、わかった、だけど家はどこに……」

「あの女があんなことをしたのは、まったくただの悪意からで、たぶんあの女は自分がこのあたりでただひとりの本物の雌豚であることに耐えられなくなったんだろうね。だから、同じような仲間をでっちあげたかったんだろうけれど、でも結局はでっちあげただけだったんだよ」

ミルトンはサンドイッチを指先ではじき、硫酸銅の容器のなかに落としてしまった。「あなたたちのことも、その洋裁師のことも、僕にはどうでもいいんだ。わかってもらえるかな。重要なのはその軍曹なんだ。女には始終会いに来るのか？」

「来れるときはいつだって来てる。あたしたちは何時間も窓のところにいるんだ。あたしたちがそんなことまでしているのは、軍曹が女に会いに来るたびに記録して、書きとめておくためだよ」

「上のほうを見ていてくれ——とミルトンは言った——いつもは何時くらいに来る？」

「ほとんどいつも夕方だね。六時くらい。だけどときどき、昼食の後、一時くらいに来ることもある。きっと上官に気に入られているんだ。あの軍曹はとても頻繁に自由に外出している。あんなに自由に行動しているのは、ほかにひとりもいないね」

「軍曹か」とミルトンは言った。

「そいつが軍曹だって言ったのは、娘婿だよ。あたしはあいつらを階級で区別するなんてことはできないからね。もしあいつに出くわすようなことがあったら、注意しなくちゃいけない。あいつはとても厳しい顔つきをしていて、筋肉は軍服の下ではち切れそうだし、この辺を動き回るときは、いつもでリボルバーを撃てるようにしている。あたしは一度出会ったことがあるけれど、もうニセアカシアの林のなかに隠れる暇もなかった。あいつはこんなふうに、ピストルをポケットから半分取り出していた」

「ピストルだけか――とミルトンは言った――軽機関銃を持っているのを見たことはないか？銃身に穴が開いているやつだが」

「軽機関銃がどういうものかくらい、あたしだって知っている。だけどそいつが持っているのはいつもピストルだけだ」。

ミルトンは痺れはじめた足を擦った。それから言った。「もし一時に来なかったら、六時に待つことにしよう。明日は一日中、待ってみよう。必要なようだったら」

「今晩までには、きっと来るよ。それに一時頃にだって、ちょっと立ち寄っていくかもしれない」

「だから、早く家を教えてくれ」

老婆のそばに近づき、ブドウの若枝のあいだから、老婆の人差し指の方角に家を見つけた。田舎風の小さな家だが、正面は最近になって都会風に改装されている。家の前に小さな農作業場があり、格子の門とドアのあいだには、二十センチほどの泥が積もり、いくつかの滑らかな大きな石が一定の距離を置いて並べられている。広い通りの向こうの二十メートルほどのところにあり、後ろには打ち捨てられた野菜畑がある。

「あそこにはいつも道を通っていくのか？　けっして畑ではなく？　兵舎からは畑を通ったほうが真っすぐいけるようだが」

「いつも道を通っていくよ。少なくともこの季節はね。女の家に泥まみれになって行きたくないんだろう」

本能的にミルトンはピストルをチェックした。老婆はわずかに身を遠ざけた。呼吸が少し興奮気味になっている。

「いますぐ来るってわけじゃないよ——と老婆は言った——忘れないでおくれ、来るのはほとんどいつも夕方だって言っただろ。正確に言うと、あいつは来れるときにはいつだって来るってことなんだ、たとえ三十分しかいられなくてもね。女のほうはいつだって待っているようだし。盛りのつきっぱなしの二匹の犬なんだね」

「ブドウ畑の後ろには何がある？」

「見てのとおり、ちょっと荒れ地があるだけさ」

「その向こうは？」

「アカシアが密生している。地面があんなに盛り上がっていなかったら、アカシアの枝の先が見えるはずだよ」

「そのさらに向こうは？」

「大通りだ」。老婆はもう少し正確に光景を思い浮かべて説明しようとし、両目を閉じていた。「大通りがあって――と繰り返した――アカシアの森がちょうど大通りに面している」

「わかった。アカシアの森は家のあたりまで続いているのか」

「質問の意味がよくわからないんだけれど」

「アカシアの森が終わるところまで行ったら、僕は家の正面にいるのか」

「ほとんど正面だけれど、少し左にずれているかもしれない。アカシアの森の端にまで行ってしまったら」

「アカシアの森の端はどうなっている？」

「小道だね」

「高さはちょうどアカシアの森くらいか？」

「一メートルほど高いかもしれない」

「小道は大通りにつながっているんだろ？　それで、反対側はどこに通じている？　丘の頂上か？」

「そうだね、あたしたちの丘のてっぺんだよ」

「小道もやはり両側を木々に覆われているか、あるいは完全にむき出しなのか」

「覆われているよ」

「僕はアカシアの森に隠れることにしよう――とミルトンは言った――もし具合がいいようだったら……」。そう言ってブドウの列の下をかいくぐろうとした。

老婆は彼の肩を摑んだ。「待っておくれ、もしうまくいかなかったら？　そしたら、そんな話をしたのはあたしたちだなんて言ってしまうのかい」

「心配は無用だ。僕は死人のように黙っている。でも、きっとうまくいくはずだ」

10

ミルトンはアカシアの森の外れに向かって、蛇のように滑らかに静かに這うように進んでいった。時間はぴったりで、移動は理想的だった。というのも、這うように進んでいったミルトンは、歩いていた軍曹より五秒先んじていたからである。出会いは小道と大通りが合流する地点で、あたかも数学的に発生したかのようであり、軍曹は彼自身の姿を、たった一センチ平方メートルの背中だけで示したかのようだった。あとは何ものの干渉もなく、世界が五秒間動くのをやめ、ふたりだけが自由に動くことができるようにしてくれるだけで充分だった。

あまりにも簡単だったので、目を閉じていてもできるくらいだった。

膝の上で身を縮め、飛び跳ね、空中で左に半分身を捩った。相手の背中の中心にピストルを押し当てた。広い背中で、道とほとんど空全体を覆ってしまっていた。銃口を押し当てられたせいで、軍曹の首筋はミルトンの口にほとんど触れそうになり、それからすぐにミルトンの目線の下にまで落ちていった。膝から崩れ落ちていく人間のようだった。軍曹を立たせ、もう一度ピストルを強く押し当て、小道のなかへ転がりこませて、アカシアの森の陰に隠れた。それから鼠径部の熱で膨らんでいた軍曹のポケットからピストルを引き抜き、自分のポケットに入れ、嫌悪感をこらえながら軍曹の胸部に触れ、最後にもう一度立ち上がらせて、歩かせた。

「両手を首の後ろで組み合わせろ」

アカシアの森を抜けると、すぐに村の方角で、赤茶けた泥の堤が輪郭を現した。小道の上に夕暮れ時の暗い影を投げかけている。

「さっさと歩け。しかし滑らないように気をつけろ。もし滑ったりしたら、おかしな動きをしたと思い、おれはおまえに発砲するだろう。おまえには見えなかったと思うが、おれは手にコルトを持っている。コルトがどんな穴をあけるものか、おまえだって知っているだろう」

男は大股で注意深く坂を登っていった。道はすでに上りになっており、堤防は傾斜を増している。男は背がミルトンより少し低いくらいで、肩幅はほとんど二倍くらいあった。それ以上調べる気にも確認する気にもなれない。男に事情を教えてやりたくてたまらなかった。

「おれがおまえをどうするつもりか、知りたいだろう」と男に言った。

軍曹は身を震わせ、返事をしなかった。

「よく聞くんだ。歩みを緩めず、おれの言うことをよく聞け。第一に、おれはおまえを殺さない。わかったか。おれは－おまえを－殺す－気はない。アルバのおまえの仲間たちが、おれの仲間のひとりを捕まえ、銃殺しようとしている。だけどおれはその仲間を、おまえと交換するんだ。おれたちは急がなければならない、おまえもおれも。だから、おまえはアルバで交換される。わかったか。なんとか言え」

返事はなかった。

「なんとか言え！」

軍曹は何回か「わかった」と呟くような声を出した。頭は動かさなかった。

「だから、馬鹿な真似はするなよ。おまえのためにならない。おれの言うとおりにすれば、明日の昼には、おまえはもうアルバで自由の身だ、仲間たちに囲まれて。わかったか。返事をしろ」

「わかった、わかった」

ミルトンが話していると、軍曹の耳は広がり、パタパタとはためいていた。遠くから呼ばれるのを聞きつけたときの犬の耳のようだった。

「もしもおれに発砲させるようだったら、おまえは自殺したことになる。わかったか」

「わかった、わかった」。頭は動かさず、ほとんど固定したままだが、瞳をぐるぐると動かして、あたりを見回しているのは確かだった。

「余計な期待はしないことだ——とミルトンは言った——おまえたちのパトロール隊に出会うことなど、期待するんじゃない。なぜなら、そのときおれはおまえを射ち殺すからだ。パトロール隊が目に入ると、すぐにおれはおまえを射ち殺すことになる。だからおまえは死を願ったことになる。なんとか言え」

「わかった、わかった」

「わかった以外に、何か言うことはないのか」

山稜の谷側で犬の鳴き声がしたが、嬉しそうな鳴き声で、警戒している様子ではない。ふたりはすでに急な坂道の三分の一ほどのところに来ていた。

「多分そういうことはないだろうが——とミルトンは言った——しかし、もしも誰か農民がそばを通りがかるようなことがあったら、おまえはすぐに道の端に寄るんだ。山側の崖沿いだ。そうすれば、そいつはおまえのそばを掠めていくこともなく、おまえはそいつにしがみつこうなんて、とんでもないことを考えたりもしないだろう。わかったか」

軍曹は頷いた。

「そういう考えは、自分が死ぬってことがわかっている人間の頭に浮かぶものだ。しかし、おまえは死ぬわけじゃない。滑らないように気をつけろ。おれはアカじゃない。バトリアーノだ。少しはほっとしたんじゃないか? おれが願っているのは、おまえがおれに殺されるわけじゃないってことが、もうわかっているってことだ。おまえを殺さないとはまだ言わないが、それはカネッリがまだ近すぎて、おまえたちのパトロール隊に出会わないともかぎらないからだ。もう少し先に行ったら、もう少し優しく扱ってやろう。あと少しだ。聞いているのか。それからもう震えるんじゃない。よく考えろ。どんな理由があって震えるんだ。背中にピストルを突きつけられれば、それはショックだろう。だけどそんなことは、もうとっくに克服しておかなきゃいけないはずだ。おまえはサン・マルコ連隊の軍曹だろう、そうじゃないのか。おまえも、今朝サント・ステーファノで威張り散らしていた連中のひとりだったのか」

「違う」

「でかい声を出すな。おれにはどうでもいいことだ。もう震えるな。そして何か言え」

「なんて言えばいい」

「そう訊ねるだけでも、少しはましだ」

　小道が急に向きを変えたので、捕虜にした男の顔を側面から目にすることができた。しかしそれから、男が肘を顔のあたりで水平にしていたのと、歩行の揺れのせいで、ミルトンは灰色の瞳の球体と、小さくて形のはっきりした鼻以上のものをとらえたとは言えなかった。べつに困ったわけではない。結局、どうでもいいことだった。捕虜の顔がどうでもよかったのは、捕虜を受け取るアルバのファシストの司令官のことなどどうでもよかったのと同じだった。捕虜が下士官であるかどうかも、まったく重要ではない。なにか制服を着ている男であれば充分だった。それにしても、なんという立派な男、立派な制服だろうか！　重みはあるがそれでも柔軟な捕虜の身体つきを見つめて、ミルトンは満足し、ほとんど優しい気持ちになった。男の制服に初めて親しみを覚え、指定された目的地へ向かって歩いていく男の軍靴にさえ親しみを覚えた。男はなんという大きな交換用通貨、なんという購買力になりえていることだろう！　こんな軍曹のためならば、ファシストの司令官はジョルジョを三人分売ってくれるのではないか、気がつくとそんなことまで考えていた。しかし同時に、男が確かに大勢の人々を殺し、しかも銃殺したはずだと考えていた。男には銃殺者の面影が充分にある。目の前に、銃殺された若者たちのやつれはてた子供っぽい顔、彼らの裸の胸が浮かび上がってくる。胸はやせ細り、胸骨が船首のように突き出ている。

ああ、これもまた知らずにいることなど許されないもうひとつの真実なのだ。しかし男にそんなことを訊ねる気にはなれない。どうせ男は否定するだろう、必死になって。もしかしたら、コルトを強く押しつけたら、殺したことに間違いはないと白状するかもしれない。しかし、通常の戦闘行為において、と言うだろう。しかもそんなことまで追求しはじめたら、話は当然、ますます面倒なことになってしまう。マンゴまでの道のりは、いま自分が願いはじめているほど、順調でも迅速でもなくなってしまうだろう。フルヴィアについての真実こそ、絶対的な優先事項なのだ。というよりも、それ以外には何もないのだ。

「パトロール隊のことなど、忘れてしまえ——と、ミルトンは優しい声で、ほとんど催眠状態に陥った人間のような声で言った——パトロール隊がうろついていないことを祈るんだな。おれはおまえを殺すつもりはなく、おまえを守るつもりでいる。おまえの身体には誰にも指一本触れさせやしない。おれたちのところには怒り狂った仲間たちが大勢いて、おまえに襲いかかろうとするかもしれないが、しかしそんなことはさせない。おまえの用途はただひとつだ。わかっているのか。答えろ」

「わかっている」

「おまえはどこの者だ」

「ブレッシャ」

「ブレッシャの奴は大勢いるのか。それで、名前は？」

返事はなかった。

「言いたくないのか。おれが自慢するとでも思っているのか。おれはおまえのことなどけっして口にする気はない。いまも、二十年たっても。けっして自慢なんかしない。言いたくなければ、言うこともない」

「アラーリコ」と、軍曹は早口で言った。

「何年次だ」

「二十三年次」

「おれの友達と一緒だな。その点でも一致している。それで職業は？」

軍曹は答えなかった。

「学生か」

「とんでもない！」

片側の縁はどんどん低くなって、いまではほとんどなくなってしまい、道は斜面の上に完全に露出している。ミルトンは下方のカネッリの村をちらりと目にし、思っていたほど離れていないことに気づいた。眼下に現れた村はリフトから見下ろしているようである。

「内側を進め。山側の縁に沿って歩け」

ふたたび急な曲がりになったが、ミルトンは男の顔をさらに多く見ようとはまったくせず、逆にそんな行為を否定するかのように視線を下げた。

軍曹は息を切らせていた。

「半分以上は来た――とミルトンは言った――喜ばなくちゃいけない。おまえはますます救いに近づいている。明日の昼には自由になり、またおれたちと戦うことができる。もしかしたら、おまえはおれに借りを返してくれないかもしれないな。まさにお前とおれとのあいだでだ。こんな戦争をしている以上、そんな可能性だってないわけじゃない。おまえはもちろん、おれを交換しようなんてしないで、すぐに殺してしまうだろう」

「そんなことはない！」と、軍曹は喘ぐような声を出した。否定するというより、哀願しているようだった。

「何を騒ぐことがある？　おれがおまえのことを、おれより残酷な人間だと思っているなんて考えるな。人は誰だって、他人から最大限の利益を得ようとする。おれはおまえを交換材料にしようとし、おまえはおれの命を手に入れようとする。おれたちは完全に対等だ。だから……」

「そんなことはしない！」と軍曹は繰り返した。

「こんな話はやめにしよう。冗談半分に余計なことを言ってみただけだ。いまのことを考えよう。さっきも言ったとおり、おれはおまえを守ってやる。向こうに着いたら、食べさせて飲ませてやる。タバコも一箱やる。イギリスのだ。おまえには初めてかもしれない。髭も剃らせるつもりだ。アルバの司令官に、おまえをよく見せたいからだ。わかったか」

「手を下ろさせてくれ」

「駄目だ」

「手は両脇にぴったりとつけておく。縛られているように」

「駄目だ、だけどもう少ししたら、もっと優しくしてやる。今晩はベッドで眠れるだろう。おれたちは藁の上で寝るが、おまえはベッドで寝るんだ。おれは自分で、ドアの前で見張りをしてやる。そうすれば、寝ているあいだにおかしなことにもならないだろう。そして明日の朝、交換にはおれの最良の仲間たちがついてきてくれる。仲間たちはおれが選ぶ。おれはおまえをいじめているわけじゃない。どうだ、おれはおまえを虐待しているか？」

「していない、していない」

「おまえはほかの仲間たちにも会うだろう。優しい奴らばかりで、そいつらに比べたら、おれなんか獣みたいなものだ」

ほとんど尾根に近づいていた。ミルトンはちらりと時計に目をやった。二時数分前だった。五時にはもうマンゴについているだろう。カネッリを見下ろしてみる。軽い眩暈が生じ、それが何よりも疲れによるのか、何も食べていないせいか、あるいは成功によるものか、わからなかった。

「おまえもおれも、ここまで来ればもう安心だ」とミルトンは言った。

その言葉を聞いて、軍曹はぴたりと足を止め、うめき声をあげた。

ミルトンははっとし、ピストルをさらに強く握り直した。「だけど、何がわかったんだ？　おまえは誤解している。震えるな。おれはおまえを殺す気はない。ここであれ、ほかのどこかであれ。けっしてお前を殺したりしない。これ以上、同じことを言わせるな。わかったか。なんとか言え」

「わかった、わかった」

「さあ、出発だ」

ふたりは高台までよじ登り、草地を横切りはじめた。草地は、朝ミルトンの目に見えたときよりも広く感じられる。孤独な一軒家にちらりと視線を投げかけた。朝、目にしたときと同じように、音もなく、硬く閉ざされ、周囲にはまったく無関心な様子である。軍曹はいまや闇雲に歩きはじめ、野生のチョウセンアザミを避けようともせず、泥のなかを大股でどんどんと進んでいく。

「待て」とミルトンは言った。

「いやだ」と言いながら、軍曹は立ちどまった。

「いい加減にしろ。おれはいまあることを考えている。よく聞け。このままだとおれたちはある村を通ることになるが、そこにはおれたちの駐屯部隊がいる。当然そこにも怒り狂った仲間たちがいる。とりわけおれのふたりの仲間がいて、ふたりはおまえたちに兄弟を殺されている。殺したのがサン・マルコ連隊だったと言っているわけじゃない。それでもふたりはおまえの心臓を貪り食いたいと思っているだろう。だからおれたちはその村を避け、村を迂回して、おれがよく知っている渓谷を通って行こうと思っている。だけどおまえは、おれに……」

軍曹の指が首筋の上から外され、パシッという恐ろしい音をたてた。両腕が白い空を背景にバタバタと羽ばたいている。そのように宙に吊るされたように見えた軍曹の姿は、ひどく恐ろしげで無様だった。斜めの方角に飛んでいき、崖の縁に向かい、肉体はすでに前方に曲げられて、はるか下方へと飛びこんでいくようだった。

「やめろ!」とミルトンは叫んだが、コルトからはすぐに弾丸が飛び出していった。まるで叫び声が引き金を引いたかのようだった。

軍曹は膝から崩れ落ち、一瞬動きを止め、完全に硬直していた。頭は水平になり、小さくて形のいい鼻が空に突き刺さっているようだった。ミルトンには、自分にとっても軍曹にとっても、地面はなんの関係もなく、すべてがただ白い空のなかで、宙づりとなって生じたかのように思われた。

「やめろ!」とミルトンは叫び、ふたたび発射した。狙いは軍曹の背中にひろがる大きな赤い染みだった。

雨はほとんどやんでいたが、横殴りの激しい風が吹き、泥の堆積から小石が剝がされ、小石は川の流れのように路上を転がっていった。光はすでにほとんど地上から消え、風の渦がさらに視界を妨げていた。

ふたりの男が十四、五メートルの距離で向かい合っていた。互いを見分けようとしてか、あるいは機先を制しようとしてか、視線を前方に固定し、手をホルスターに近づけている。それから一軒家の角から現れた男は、身に着けていた迷彩模様のレインコートを帆のようにはためかせながら、ゆっくりとピストルの狙いを定めた。相手の男は曲がり角の出口のところでぴたりと足を止め、その場にとどまり、風に吹かれた樹木のように揺れ動いている。

「こっちへ来い——とピストルを手にした男は言った——両手を高く上げて組み合わせろ。組み合わせるんだ」。風に吹き消されないように、男はさらに大きな声を上げて繰り返した。

「君はファビオじゃないか」と、もう一方の男が訊ねた。

「で、君は——とファビオは訊ね、銃口をわずかに下げた——君は誰だ、もしかして……ミルトンか」

すぐにふたりはほとんど熱に浮かされたように走り寄った。互いの身体を支えあうのに、ほん

II

の一秒以上でさえ待つことができないかのようだった。

「君がこのあたりに?」とファビオは言った。彼はトレッツの駐屯部隊の副司令官だった。「このあたりで君を見かけなくなってから、もうずいぶんになる。丘ひとつしか隔たっていないところにいるというのに、いつの間にか大変な時間が過ぎてしまった……。だけど、いったいどうして私服なんだ?」。ミルトンの私服を見分けるのに、ファビオは視線を凝らさずにいられなかった。それほどミルトンの姿は泥まみれだった。

「僕はサント・ステーファノから来た。個人的な用件でだが」

風が吹き荒れていたので、ふたりは声を最大限に強め、相手に聞き返されなくても同じ言葉をわざと頻繁に繰り返した。

「サント・ステーファノには今朝サン・マルコ連隊がいた」

「僕にそんなこと言うのか。僕はベルボ川を渡って逃げなければならなかったんだぜ」

ファビオは親しみの表情を浮かべて笑った。笑い声はたちまち、くるくると羽毛のように遠くへと風に飛ばされていった。

「君のところに武器のない奴はいないか、ファビオ?」

「いないなんてはずがあるか」

「それじゃ、そいつにこれをやってくれ」と、ミルトンは軍曹のベレッタ(訳注:イタリア製の拳銃)を差し出した。

「わかった。しかしなんで手放してしまうんだ？」

「余っている」

ファビオはピストルを吟味し、自分のと較べてみた。「しかしこれは素晴らしい。僕のより新しい。とっておいて明るいところでもう一度調べてみよう。しかし、とりあえず……」。そう言って軍曹のピストルをホルスターに収め、自分の古いピストルをポケットに滑りこませた。

「僕には余っていた——とミルトンは言った——ファビオ、ジョルジョのことは何がわかっている？」

「なんだって？」

「あの家畜小屋に入って話をしよう」ミルトンはそう大きな声で言い、道端の奥の粗末な家を指さした。

「それはやめておこう。なかには三人の仲間たちがいるが、みんな疥癬を患っている。疥癬だぞ！」

ファビオは向きを変え、背中を風に向け、身体を半分丸めて話していた。横並びになったミルトンにではなく、道端の溝のなかに横たわっている誰かを相手にしているようだった。「もしもこんなに風が吹いていなかったら、ここからだってあいつらの呻き声が聞こえるところだ。罵り、呻き、熊みたいに壁に身体を擦りつけている。あんなところに入るのはもう真っ平だ。掻いてくれって、うるさくてたまらない。木材とか鉄の塊を持ち出して、それで掻いてくれって言うんだ。爪なんかだともう何も感じないらしい。ついさっき、ディエゴはもう少しで僕を絞め殺すところだった。鉄櫛を僕に渡して、それで掻いてくれって言うんだ。僕はもちろんきっぱりと断ったが、するとディエゴの奴は僕の首に飛びかかってきた」

「ジョルジョの話をしよう――とミルトンは強い口調で言った――まだ生きていると思うか」

「僕たちは何も知らない。ということは、まだ生きているんじゃないだろうか。もう銃殺されているとしたら、誰かがアルバから来て、知らせてくれているはずだ」

「もしかしたら、この悪天候のせいで町を出られないのかもしれない」

「こういう種類の情報なら、たとえ天気が悪くても、誰かがなんとか伝えてくれているだろう」

「君の考えでは……」とミルトンは話を続けかけたが、このときさらに強い突風に襲われた。

「あの後ろに行こう！」とファビオは叫び、ミルトンの肘を摑んで、トレッツォの入り口にある小さな塔のほうへ、一緒に走っていった。

「君の考えでは――と風から身を守るとミルトンはすぐに言葉を続けた――彼はまだ生きているだろうか」

「何もわからない以上、多分生きているんじゃないか。裁判になるかもしれない。彼の両親はもちろん司教の介入を求めるだろう。そうなれば、裁判は省略するわけにいかない」

「裁判はいつだろうか」

「それは僕にはわからない――とファビオは答えた――捕まってから一週間で裁判にかけられた仲間のことなら聞いたことがある。もっとも裁判が終わると、すぐに銃殺されてしまったが」

「僕は確実なことが知りたいんだ――とミルトンは言った――ファビオ、君は確実なことは何も言ってくれない」

　ファビオは顔を前方に突き出し、自分の額をミルトンの額にほとんどぶつけそうになった。「だけど君は、頭がどうかしてしまったのか、ミルトン？　どうしたら確実なことなど言うことができる？　君はもしかしたら、僕が帽子を手にして、ポルタ・ケラスカ（訳注：アルバ市の入り口のひとつ。市の東側にある）の検問所に出向いてほしいとでも思っているのか……」

　ミルトンは片手を動かしてファビオの言葉を遮ろうとしたが、ファビオはやめようとしなかった。「帽子を手にして、こう言えとでもいうのか。『すみませんが、ファシストの方々、私はパルチザンのファビオという者です。仲間のジョルジョがまだ生きているかどうか、あなた方にお尋ねしてもよろしいでしょうか？』などと。ミルトン、頭がどうかしてしまったんじゃないか。ところで、ここまでやって来たのは、ただジョルジョの消息を知るためだけだったのか」

「そうだ。君たちのほうがアルバに近い」

「ところでこれからどうする？　トレイソに戻るのか」

「君たちのところで眠っていく。明日はアルバに近づいて、どこかの子供にでも情報を摑んできてもらおうと思っている」

「じゃ、僕らのところで眠っていけばいい」

「だけど、夜の当直などとても務まりそうもない。今朝の四時から動きっぱなしで、昨日は一日中、歩き詰めだった」

「誰も君に見張りを頼んだりしないよ」

「じゃ、君たちがどこで寝ているのか、教えてくれ」

「僕たちはばらばらに寝ている――とファビオは説明した――アルバはすぐ近くで、あいつらはいままでは夜も活動している。僕たちは同じ場所で全員寝ないようにしている。そうすればたとえ急襲されても、殺されるのは一部だけだ」。そう言って、ファビオは村の入り口の小さな塔のそばを離れ、水中をこぐ櫂のように腕を風のなかで振り回しながら、細長く低い家をミルトンに指し示した。家はトレイソを見下ろす丘の麓で、暗闇のなかで揺れ動くいくつもの田畑の向こう側だった。「あの家には極上の家畜小屋がある――とファビオは付け加えた――かなりの数の家畜がいて、窓にはすべてガラスが入っている」

「そこへ行くようにって、君に言われたと言ったほうがいいだろうか」

「その必要はない。いるのはみんな仲間たちだ」

「僕の知っている奴はいるか?」とミルトンは訊ねた。誰かと付き合わねばならないかと思うと、うんざりした気分になった。

ファビオは頭のなかで数えあげ、それから誰よりもまず年長のマテがいるだろうと言った。

日が暮れて、無数の木々の葉が異様にざわめいている。ほとんどすぐに小道がわからなくなり、もう一度探し直す気にもなれず、真っすぐに田畑を横切っていった。ふくらはぎまで泥の跡がついた。幻のような家に視線を凝らしてみるが、家は少しも近づいてくれず、懸命に前に進んでいるのに、いつまでも同じ場所にいるような気がしてならない。

ようやく農作業場に辿りついてみると、そこは泥まみれの田畑より多少ましな程度にすぎなかった。立ちどまって泥の一部を振り落とした。トレイソの丘の真っ黒な正面がレオのことを思い出させた。《すでにレオから一日を盗んでしまった。明日はもう一日盗むことになる。何がどうあろうと。レオはどれほど腹を立て、心配することだろうか。しかし腹をたてたり、心配したりするなんていうのは、一番ましなほうだ。レオはどれほど幻滅することだろう。しかしどうすることもできない。これこそ本当の罪だ。レオは僕を褒めるのに、なんという形容詞が相応しいかわからなかった。さんざん頭を絞った挙句に、ようやく見つけだした。古典的だ。僕が古典的な人間だと言った。つまり僕が立派なのは、みんなが、彼も含めて、頭に血がのぼってしまったときにも、僕が冷静で明晰だからだというのだ》

苦々しい思いを堪えながら、家畜小屋の入り口まで歩き、乱暴にドアを開けた。

「オー！——という声がした——そっと開けてくれ。おれたちは心臓病なんだ」

ミルトンは敷居の上に立ちどまった。家畜小屋の熱気で息が詰まり、アセチレン灯の反射光で目がくらんだ。

「だけど、ミルトンじゃないか！」とさっきの声がし、ミルトンはそれがマテの声だとわかった。最初に目に入ってきたのは、厳しい目鼻立ちと優しいまなざしだった。

大きな家畜小屋で、天井の横木に吊り下げられたふたつのアセチレンランプで照らされている。飼葉桶のところに六匹の牛、柵のなかには十匹ほどの羊がいる。マテは家畜小屋の真ん中で、藁の小さな束の上に座っていた。ほかのふたりのパルチザンは飼葉桶に腰を下ろし、近づいてくる牛たちの鼻面を始終膝ではねつけている。もうひとりのパルチザンは飼葉用の大きな箱の底で寝ている。足を拡げて、縁の板に凭せかけている。台所に通じる出入口のそばでは、ひとりの老婆が子供用の椅子に腰を下ろし、糸巻棒の糸を紡いでいる。髪の毛が糸と同じ材質でできているような気がする。「今晩は」とミルトンは挨拶した。老婆のそばでは子供がひとり、積みかさねられた袋の上に膝をつき、ひっくり返した桶の上で宿題の作文に取り組んでいる。

マテは藁を手で叩いてミルトンをそばに呼び寄せた。休息中だったが、武器はすべて身に着け、靴の紐も緩めていない。

「僕が君を怖がらせたなんて言うなよ」とミルトンは言い、そばに腰を下ろした。

「誓って言っておくが、僕はいままでは心臓がすっかり弱くなってしまった。この仕事は心臓を傷めつける点にかけては、潜水夫以上だ。君はまるで砲撃みたいにドアを開けたんだぜ。おまけに君は自分がどんな顔をしているのかわかっているのか？　どうだ、もう長いこと鏡を見ていないだろう？」

ミルトンは両手で顔を擦りまくった。「君たちは何をしていたんだ？」

「別に何も。五分前まで僕たちは背中叩き遊び（訳注：ひとりの背中を誰かが叩き、誰が叩いたかを叩かれた者が当てるゲーム)をしていた。五分前から僕はずっと考えている」

「何を?」

「変に思うかもしれないが、ドイツで捕虜になっている兄のことだ。いまここで大変なことになっているにもかかわらず、僕が考えているのは、兄のことだ。君には、ドイツで捕虜になっている兄弟はいないか?」

「いるのは友人たちと学校の仲間たちだけだ。それは九月八日(訳注:一九四三年九月八日、連合軍とイタリアの休戦協定が公表されドイツはイタリアの敵国となりイタリアは内戦状態に突入する)のせいか? 君の兄はギリシャにいたのか、それともユーゴスラヴィアに?……」

「とんでもない——とマテは言った——アレッサンドリア(訳注:イタリアのピエモンテ州南部の都市)にいたんだ。家からほんのすぐのところだ。それでも助からなかった。僕たちはローマから、トリエステから、あるいはどこか遠く離れたところから、人々がやってくるのを見た。しかし兄はアレッサンドリアから戻ってこなかった。母は九月の末まで、ドアのところで兄を待っていた。どうしてそんなことになってしまったのか、誰にもわからない。でも兄はぼんやりした人間ではなかった。僕たち兄弟のなかでは、もちろん一番抜け目のない人間だった。どんなうまいやり方でも、どんな大胆な振舞でも、僕たちに教えてくれたのは兄だった。なかにはいまでも、パルチザンになってからも、僕の役に立ってくれているものもある。確かに僕たちは、僕の兄以外にも、ドイツに連れていかれた僕たちの仲間のことをもっと考えなければいけない。君は一度でも彼らの話を聞いたことがあるか？　彼らのことを覚えている奴はひとりもいない。しかし僕たちは、もう少し彼らのことをいつも気にかけていなくてはいけない。彼らのためにも、僕たちはもう少しアクセルを踏み込まなければならない。そうだろう？　鉄条網に囲まれているというのは、恐ろしい苦痛なのだ。みんなおそろしい飢餓に苦しめられている。気が狂ってしまうほどだ。たったの一日の違いでさえ、彼らにとっては重要で決定的なんだ。もしも一日でも早くそんな状態に終止符を打つことができたら、誰かが死なずに済み、誰かが気が狂わないで済む。一刻も早く彼らを帰してあげなければいけない。そして僕たち、僕たちと彼らは、すべてを語り合うだろう。彼らにしてみれば、たんに消極的な話しかすることができず、僕たちが積極的な言葉で口を満たして話すのを聴いていなければならないというだけでも、悲しいことだろう。君はどう思う、ミルトン？」

「君の言うとおりだ、そのとおりだ――とミルトンは答えた――しかしいま僕が考えていたのは、ドイツに連れていかれてしまった仲間たちより、さらにはるかに悪い状況にいる仲間のことなんだ。そいつは、もしまだ生きているとしたら、ドイツに送られることに喜んで同意するだろう。彼にとって、ドイツは救いみたいなものかもしれない。君はジョルジョの消息を聞いていないか」

「ジョルジョというのは《絹パジャマ》のことか」

「どうして彼のことを《絹パジャマ》なんて呼ぶんだ？」とリッカルドが訊ねた。飼葉桶にまたがっていたふたりのうちのひとりだった。

「そんな話を彼にするな」とミルトンは鋭い口調で言った。

「君には関係ないことだ――とマテはリッカルドに言い、それからミルトンに低い声で言った。

「だって仕方ないだろう。ジョルジョが捕まったって知ったとき、僕は藁の上で横になるのに、いつも絹のパジャマを着ていた頃のジョルジョのことを思い出さずにいられなかったんだ」

「だけど彼はどうなると思う？」

マテは目をむいて、ミルトンの顔を見つめた。「だけど君自身はどう思っている？」

「しかし、まず起訴されるんじゃないか」

「なるほど――とマテは言った――それはそうかもしれない。というよりも、多分そうなる。ジョルジョのような捕虜の場合、いつもまず起訴される。第一、君だって同じように、少しずつ命を削られるんだ。君の場合はジョルジョ以上に裁判になるかもしれない。君たちは大学生で、極上の獲物で、開けるのが楽しみなギフト・ケースなんだ。君たちは裁判になる。君たちを裁判にかけるのが、奴らにはうまい話なんだ、わかるか？　反対に僕のような人間、そして後ろにいるあのふたりだって同じことだが、僕らはそんなに意味のある人間ではない。捕まるとすぐに壁の前に放り投げられ、壁まで辿りつかないうちに撃ち殺される。しかし、ミルトン、はっきり言っておくが、そんな差別がされるからって、僕は君を恨んでいるわけではない。すぐに殺されるか、三日後に殺されるか。そこにどんな違いがある？」

「畜生、ファシストめ(訳注：このファシストという言葉はたんに「畜生」くらいの意味で使われている。パルチザンの言葉を子供が真似しただけで、実際のファシズムやファシストとは何の関係もない)」と子供が言った。

老婆は糸巻棒で子供を脅した。「おまえがそんな言葉を使うのを、私はもう聞きたくないね。パルチザンと一緒になって、ずいぶん素敵なことを学ぶもんだ」

「僕にはこんなのできないよ」と子供は宿題を老婆に示して言った。

「もうちょっと頑張ってごらん、そうすればできるってわかるだろう。先生はおまえたちにできないことをやらせたりしない」

飼葉桶にまたがっていたもうひとりのパルチザンのピンコが言った。「君たちが話しているのは、マネーラの分岐点で昨日の朝捕まった仲間のことか？」

「昨日の朝じゃない――とミルトンは指摘した――一昨日の朝だ」

「いや、君が間違っている――とマテは言い、ミルトンのほうをちらりと見た――昨日の朝だった」

「君たちが話していたのは、そいつのことか？――とピンコは話を続けた――どうして捕まったりしてしまったのか、おれにはさっぱり納得がいかない」

ミルトンは藁の束の上で身体の向きを変えた。「どういうことだ？」。そう言いながら、ジョルジョを批判した呪われるべき見知らぬ若者を、目を見開いて睨みつけた。ミルトンにしてみれば、若者は直接フルヴィアを侮辱しているようなものだった。「何が言いたいんだ?」

「僕が言いたいのは、そいつがブラッキーのように最後の最後まで抵抗したり、ナンニのようにすぐに口のなかに弾丸をぶち込んだりするようなタイプの人間ではなかったということだ」

「霧が出ていたんだ――とミルトンは反論した――霧のせいで、彼は何ひとつすることができなかった。状況を理解する暇さえなかったのだ」

「ピンコは――とマテは言った――黙っていればいいものを、余計な口を利いたようだな。昨日の朝どれほどの霧だったか、もう覚えていないのか? ファシストたちはジョルジョにばったり出くわしたとき、一本の木か、放牧中の牛にでも出くわしたようなものだったのだ」

「霧のなかで――とミルトンは声を荒げた――ジョルジョは自分が人間であることも、ほかの何かであることも、何も示すことはできなかった。ただの肉体にすぎなかった。だけど僕は彼が男だったって保証することができる。物理的に可能でさえあったならば、彼はもちろんナンニのように、口のなかに弾丸を撃ちこんでいただろう。彼は僕にそのことを一度証明したことがある。去年の十月のことだ。僕たちのなかで、すでにパルチザンになっている者などまだいなかった。それどころか、パルチザンというのはほとんど謎のような存在だった。あの十月に町がどうだったか、僕と同じように思い出してほしい。グラツィアーニ(訳注:ロドルフォ・グラツィアーニ〔一八九八~一九六七年〕。イタリアの軍人、政治家。第二次大戦中はリビアの総督。イタリア社会共和国成立後は、ムッソリーニにより国防相に任命される)の布告が街角のあらゆるところに張りだされ、ドイツ軍はまだ重機関銃をサイドカーにのせて巡回し、初期のファシストたちが元気を取り戻し、憲兵たちは変節し始めていた。

「僕は——とピンコが遮った——そんな裏切り者の憲兵のひとりから武器を奪ったことがある……」

「最後まで言わせてくれ」とミルトンは低い声で言った。

ふたりはそれぞれの家族によって家に閉じ込められていた。屋根裏部屋か、地下の穴倉だった。あるいはふたりに自由が許されたときも、責任と罪をめぐってなんらかの口論なしには済まされず、通りに出るというだけで、まるで親殺しが犯されているかのようだった。しかしあの十月のある晩、ミルトンとジョルジョはそれ以上閉じ込められ隠されていることに耐えられなくなり、クレリチ家の家政婦を介して、なんとか映画を見に行くことができるようになった。ヴィヴィアンヌ・ロマンス(訳注:フランスの女優〔一九一二~九一年〕。数年間イタリアに滞在し、イタリア語の映画に出演している)の映画が上映されていた。

「僕も覚えている——とリッカルドが言った——バナナのような口をした女だった」

「映画館はどこだった?——とマテは細かなことまで訊ねた——エデン座か、コリーノ座か」

「コリーノ座だった。僕は母親に、闇商売をしている近所の家にちょっとタバコを買いにいってくると言い、ジョルジョも両親に、だいたい同じような出鱈目を言っていたのだろう」

ふたりは一番の近道を通って映画館に向かっていった。歩きながら恐ろしくはなかったが、後悔の念でいっぱいになった。猫一匹出会わず、何よりも驚かされたのは、天候が雷雨になってきたことだった。まだ雨にはなっていなかったが、雷鳴が頻繁に轟き、しかも雷雲は低く垂れこめていたので、通りは絶えず紫色の光で溢れかえっていた。映画館に着くと、ロビーに入ったときから、場内がほとんど空っぽであることが明らかだった。切符売りの女はふたりに切符を渡しながら、非難するような渋面を浮かべていた。二階席に上ってみると、客は五人だけで、全員が非常口のそばに座っていた。ミルトンは二階席から身を乗りだし、平土間席をざっと見下ろしてみた。十五人ほどの客たちはほぼ全員がまだ若い少年たちで、徴兵年齢や身分証明書に悩まされる年ではなさそうだった。しかし風が吹き込み、外から雷鳴が聞こえているにもかかわらず、非常口は大きく開かれていた。

「どういう映画だった?」とリッカルドが訊ねた。

「どうでもいいことだが、タイトルが『盲目のヴィーナス』だったってことくらいは言っておこう」

第二幕が終わる前まで、二階席に残っていたのは彼らふたりだけだった。ほかにいたわずか数名は、早めに来ていたので、映画はすべて見終わってしまっていた。新たに来た者は誰もいなかった。ミルトンとジョルジョは席を移動し、手摺を前にして腰を下ろした。平土間席が見えるようにし、一種の互いの安全と連帯を強めるためだった。そのとき突然、ロビーで誰かが大声を上げながら走り回る音が聞こえ、平土間席にいた数名が非常口に殺到していった。「奴らだ!――」とミルトンはジョルジョに言った――畜生、ヴィヴィアンヌ・ロマンスなど、呪われるがいい!」。

ミルトンは非常口に突進していったが、ドアには閂がかけられ、外部から閉められていた。肩からぶつかってみたが、ドアはわずかに揺れただけだった。階下では騒ぎが収まらず、むしろ大きくなっていた。大勢の人間たちが叫び、走り回り、ドアを叩き、壁にぶつかっていた。「あいつらは二階に上がってくる！」とミルトンはジョルジョに叫び、通常の出入り口に向かって走っていった。彼らに先んじて階段に辿りつき、外部の張り出し通路に出、中庭まで四メートルの高さを飛び降りるつもりだった。すぐに行動に移ったが、それでも遅すぎると思っていた。どうせ自分はあいつらに捕まってしまうだろう。あいつらは階段の最後の部分を一度に四段ずつくらいの勢いで駆け上がってくるだろう。ドアに向かって突進しながら、それでもジョルジョに最後の視線を投げかけた。するとジョルジョは手摺にまたがり、空中に身を乗りだしてすでに平衡を失いかけていた。

「コリーノ座に行ったことのある奴なら知っているだろう。二階席と平土間席のあいだには十メートルほどの落差がある。それでもジョルジョは飛び下り、平土間席の鉄製の椅子に激突しようとしていたんだ。『やめろ！』と僕は叫んだ。しかしジョルジョは返事もせず、僕を見ようともしなかった。僕の目の前で、じっとドアを見つめ、ファシストたちが乱入してくる瞬間をとらえようとしていた。しかし階下では物音はすでにすっかり静まっていた。何も起きていなかった。何もというのは、ファシストに関してはということだ。切符売り場で強盗騒ぎがあり、売り場の女性が大声を上げ、用務員が駆けつけてきた、などなど、ただそれだけのことだった。それでもみんなはファシストの手入れだと思ったんだ。しかし事実は残った。証拠だ。ファシストの顔が少しでも見えていたら、ジョルジョは飛び下りて自殺していただろう」

一瞬の沈黙がおとずれ、それからマテが言った。「まだあいつらに殺されていなかったとしても、ジョルジョは自分で自分の命を縮めてしまうかもな。独房のなかのあいつの姿が目に浮かんでくる。あいつは、どうしてこんなことになってしまったんだって考えたら、怒りと絶望のあまり、頭を壁にぶつけてばらばらにしてしまうかもしれない」

それからふたたび沈黙がおとずれ、それから少年が祖母に言った。「無駄だよ。こんな作文、僕にはとてもできない」

祖母は溜息をつき、パルチザンたちのほうを振り返った。「あんたたちのなかで、誰か少しでも先生になってくれる人はいないかね」

マテはミルトンを指さし、ミルトンは機械的に藁の束から立ち上がり、少年に近づいて頭を傾けた。

「こいつは先生以上だ――とマテは老婆に囁いた――正真正銘の大学教授みたいなものだ。とにかく大学から真っすぐにここに飛び込んできたんだから」

すると老婆は言った。「それはそれは、それじゃこの呪わしい戦争はどんなに素晴らしい人たちを、貧しい私たちのところまで連れてきてくれたんだろうね」

「テーマはなんだ?」とミルトンは訊ねた。

「われわれの友、樹木」と少年はたどたどしく答えた。

ミルトンは顔を顰めて、姿勢をもとに戻した。「それじゃ僕にはできない。悪いけれど、僕は君を助けてあげることはできない」

少年は言った。「先生と言ったって、僕と同じ程度の……。だけど、ファシスト野郎め、僕を助けてくれることができないんだったら、どうしてそばまで来たんだ?」

「僕は……何かほかのテーマ……だと思っていた」

家畜小屋の隅にいき、藁の束を蹴ってばらばらにしはじめた。眠らなければならない。鉛のような眠りにたちまち陥ってくれればいいのだが。あの軍曹のことで思い悩むことはなかった。あいつは自殺したようなものだ。なんの関係もない。そもそも僕はあいつの顔さえろくに見ていなかった。眠れなかったら大変だ。すっかり弱り切って、身体中が解体し、精も根も尽き果ててしまったようだ。自分の身体が木の葉より薄くなり、おまけに濡れた木の葉になってしまったようだ。

リッカルドが大きな声で話していた。飼葉桶の上に座ったままだった。

「正確にはいくつだ、マテ?」

「もう年だ——とマテは答えた——二十五だ」

「確かに年だな。廃馬畜殺業者あたりに引き取ってもらえそうだ」

「馬鹿を言え!——とマテは言った——そんな意味で言ったんじゃない。言いたかったのは、おれは経験が豊富だということだ。たくさんの人間が死んでいくのを見てきた。我慢ができなかったり、女が欲しくなったり、タバコが吸いたくなったり、パルチザンになって車を乗り回してみたくなったりしてさ」

ミルトンは藁の上で身体を捻じ曲げ、目の上にずっと両手を当てていた。「明日だ。明日は何をしよう？　どこに探しに行ったらいい？　だけど、どうせ無駄な話だ。軍曹は死んでしまった。何もかも終わってしまった。こういう機会は一度しかないものだ。それにしても、なんて運の悪い奴だったんだろう！……もう発見されているかもしれないし、あるいはまだたったひとりで、暗闇のなかで、腐敗しているのかもしれない。でも、どうしてだ、どうしてなんだ？　きっと思い込んでいたんだろう、パトロール隊の偵察範囲にいるあいだはあいつに幻想を抱かせ、いったん遠くまで来てしまうと、あいつをやってしまうつもりでいるんだ、と……。なんて可哀そうな奴だ！　だけど明日、明日はどうやって過ごしたらいい？　捕虜を探す計画さえないのに」

耳のところも両手で塞いでいたが、ほかの者たちの話し声がよく聞こえ、それが苦しくてならなかった。

ピンコは、村の小学校に着任したばかりの若い女教師の話を始めていた。老齢の教師が病気になり、その代わりに送られてきた代用教員だった。ピンコはその代用教員が気に入り、リッカルドも同様だった。

「その可哀そうな先生のことは、ほっといてあげたらどうだい」と老婆は言った。

「どうしてだ？　おれたちは悪いことをしようとしているんじゃない。いいことをしてやろうと思っているんだ」。そう言ってピンコは笑った。

「すぐにわかるよ――と老婆は言った――すぐにわかるよ、そういう話が、結局どういうことになるかくらい」

「それは年寄りの場合だ――とリッカルドは言った――だけど、年寄りというのは、おれたちとまったく関係ない、これっぽっちも」

「女教師の話に戻ろうか？――とマテは言った――気をつけろよ、みんな、女教師というものには。何故ならば、女教師というのは生きたファシズムという範疇に属する生き物だからだ。ドゥーチェの奴が彼女たちに何をしたのか知らないが、とにかく女教師の十人中九人はファシストだ。これからひとりの女教師の話をしてやるが、これなんかはその代表格と言えるだろう」

「さあ、話してもらおうか」

「とにかく、爪の先までファシストだった――とマテは話を続けた――ムッソリーニの子供を宿すことを夢見ていた女たちのひとりだった。おまけにグラツィアーニの豚野郎にもぞっこんほれ込んでいた。

「ちょっと待て――とピンコが言った――そいつは若くて、美しかったのか？　あらかじめ知っておく必要がある」

「三十くらいだった――とマテは言った――そしてまさに女のなかの女だった。ちょっとたくましくて、ちょっと男っぽかったが、それでも肉体的には見事で、申し分のないプロポーションの持ち主だった。とりわけ素晴らしい肌をしていた。本物の絹のようだった」

「それは何よりだ――とピンコは言った――もしその女が年寄りで醜いようだったら、その話はお蔵入りというところだからな、たとえ世界一面白い話だったとしても」

「その女が敵側の宣伝活動をしていることを知ったとき……ちょっと待ってくれ。その頃、おれはステッラ・ロッサにいたということを言い忘れていた。おれたちはモンバルカーロの丘にいた。山と呼んで呼べないところでもない。代表委員はマックスといい、子分にアロンソとかいうのがいた。スペインの内戦に参加していた奴で、軍事代表だと言っていた。どういう階級なのかおれにはわからないが、とにかくそいつはスペインのことに真剣に取り組み、言葉も三つにひとつはスペイン語だった。それにスペイン語がわからなくても、そいつが虚勢を張っているわけではないということくらいはっきりしていた。しかしスペイン内戦で何をしていたのか、それが重要かどうかはともかく、重要だったのは、そいつが人を殺すことができる人間だということだった。おれはそいつが人を殺すのを見たことがあったし、またたとえ見たことがなかったとしても、そいつが人を殺すことを望み、そしてそれができる人間であるということはわかっていた。それは彼の目からも、手からも、口からも明らかだった」

周囲に同意するようなざわめきが広がり、それからマテは話を続けた。「その女教師はベルヴェデーレに住み、そこで教えていた。おれたちの基地から十キロくらいのところだ。女がおれたちに敵対する宣伝活動をしていると知ったとき――そしてその哀れな馬鹿女はそのことがおれたちに報告されてからもまだ宣伝活動を続けていたのだが――そのとき委員のマックスは初めて女に警告を発した。女のところに警告をしに行ったおれたちの仲間に向かって、その仲間は分別のある立派な若者だったが、女は面と向かってあざ笑い、侮蔑的な言葉を投げかけ、普通の女教師だったらとても知っているはずもないような言葉で呼びかけた。仲間の男は特に何もしなかったが、それは結局、相手は女だと思ったからだ。それからまたおれたちのところに、女が公の場で、ファシストは丘に上っておれたち全員を機関銃で皆殺しにしなければならないと言ったという報告が入った。おれたちはそれを無視した。すると次に女は、ファシストは火炎放射器を持って丘に上るべきだ、われわれが全員焼き殺されるのを見たら、私は喜んで死んでいくと公言したということだった。そこでマックスは二度目の警告を送りつけた。警告を伝えに行ったのは、最初の男より無情な人間だったが、彼もまた同じような待遇を受け、その場で女を殺さないために罵詈雑言を浴びせかけながら引き下がった。どうだ、この女教師は興味深い、もしかしたら面白いくらいの怪物だったのだ。もっともそれはただ、まだ心が憎しみで荒れ果てていない者にとっての話だが。こうして同じような状態が続いていった。というより状況はさらに悪化していた。そしてある晩、おれたちが平野から引き揚げようとしていたとき――おれたちは寒くて、腹が減り、おまけにミッションの目的だった動力用の燃料も少しも見つかっていなかった――マックスはベルヴェデーレでトラックを止めさせた。ドアを開けに来たのは女教師の父親だったが、彼はすぐに状況を理解した。彼はすぐに理解し、床に身を投げ出し、床でのたうち回っていた。おれたちは父親を跨いでなかに入ると、父親は下からおれたちの足にまとわりついてきた。彼の妻もやってきて、おれたちの前に跪いた。一から十までおれたちが正しいのだが、ただ娘だけは殺さないでください、と言った」

老婆は立ち上がり、孫に言った。「さあ、寝に行く時間だよ」

「いやだ、いやだよ。僕はここにいて話を聞くんだ」

「寝に行きなさい、それもいますぐ!」。老婆は糸巻棒の柄の部分を摑んで、台所の入り口を指し示した。それからパルチザンたちに向かって、お休みなさいと言い、明日の朝は生きて目を覚ましたいものだね、と言った。

マテは老婆と孫が出ていくのを待って話を続けた。「だけど、娘だけは殺さないでください。たったひとりの娘で、教員免許を取らせるのに、私たちは大変な犠牲を払ったんです。これからはこの私が娘の面倒をみます。ほかに何もできなくなったとしても、食事さえ作れなくなってしまったとしても、私が娘を監視し、赤ん坊の口を塞ぐように、娘の口を塞いでしまいます、と。まあこんな具合だったよ。すると父親もまた口が利けるようになり、私は立派な市民で、先の戦争のときにも立派な兵士だった。祖国から受け取ったよりもはるかに多くのものを、イタリアに捧げてきたと言った。そのうえで、娘の間違った考えの償いをし、それを改善することに自分の信用のすべてをかけると誓った。しかしマックスは、そんなことは不可能で遅すぎると答えた。おまその娘についてだが、とマックスは言った。我慢も限界を超えている。これ以上我慢することは正義を裏切ることになりかねない、と。そのとき娘が、その女教師が、突然姿を現した。きっと家のどこかの穴のなかにでも隠れていたのだろう。しかし年老いた両親の嘆きを聞いていることに、もう耐えられなくなってしまったのだ。そもそもその女教師は多くの男たちより勇敢だった。姿を現すや否や、侮辱の言葉を吐き散らし、真っ先にその矢面に立たされたのはマックスだった。女教師は唾も吐いたが、多くの女たちと同様、上手に唾を飛ばすことができず、唾液はシャツの上に落ちていった。スペイン帰りのアロンソはおれのすぐそばで、マックスの後ろにいたが、銃殺だ、銃殺だ、銃殺だと、時計のように規則的に囁きはじめた。アロンソはマックスの首筋に囁きかけ、マックスは頷いて、もうほとんど説得されているも同然だった。『さっさと私を銃殺すればいいでしょう、汚らわしい悪党ども！』と女教師は叫んだ。おれのそばに仲間のひとりが近づいてきた。人の血を求めるようなタイプの人間ではまったくなかった。その仲間が『マテ――とおれに言った――みんなはこの場で女を銃殺しようとしている。ここで本当に女を銃殺してしまい、それでお終いだと思っている。しかし、僕は気が進まない。銃殺はやりすぎだ。女は子宮でものを考えている。そんな女に対して、やっぱりやりすぎなんだ』。『そうだな――とおれは言った――しかしこの厄介なスペイン野郎は、おれたちみんなの心を誘導するのをまったく止めようとしない』。『そのとおりだ――とおれの仲間は言った――ちょっとマックスを見てみろ。すっかりその気になっていないかどうか、わかるだろう』。そのうち、ひとりのパルチザンがマックスの前を通りすぎ、女教師のそばに近づいて、こう言った。『おれたちが火炎放射器で殺されるのを願ったというのは、ちょっとやりすぎだったな。火炎放射器でなんて、そんなことを願うべきじゃなかった』。しかし女教師が面と向かってその男をあざ笑ったので、男はさらに一歩前に進み、手を振り上げ、頬をひっぱたいて女の嘲笑をガラスのように打ち砕こうとした。マックスは男の手を空中でつかんで言った。『やめろ。女には大きな教訓を与えてやろう。いまとなって中途半端な教訓は、かえって堕落させるだけだ』。『銃殺だ、銃殺だ』と、アロンソは囁き続け、自分の意見が通るものとすでに確信していた。するとそのおれの仲間がもう一度おれのほうを振りかえって言った。『マテ、おれは女が銃殺されるのを見ることはできない。なんとかしよう。お願いだ！』。そこでおれは、自分の背中をアロンソからかばってくれるように頼み、前に進み出て手を上げ、発言を求めた。『なんの用だ？』とマックスは言った。汗まみれだった。『おれは自分の意見を述べたい。民主的にだ。それで、委員マックス、おれは女を撃つことはできない。結局、こいつは子宮でものを考える女にすぎない。罰として、というのも罰せられるべきものは罰せられなければならないからだが、おれはチトー支持者たちがファシストに同調したスラブ女にしたのと同じ罰を加えることを提案する。丸刈りにするのだ』。マックスはまわりを見回し、過半数以上がおれに賛成し、それどころか安堵と感謝のまなざしをおれに投げかけているのを確認した。しかし、アロンソは怒りのあまり顔面蒼白となり、おれの靴に唾を吐きかけ、おれに向かってラテーロ（訳注：スペイン語、こそ泥、すり）と叫んだ。

「ラテーロというのはなんなんだ」とピンコは訊ねた。

「そいつはおれも知らない。誰もおれに意味を訳してくれなかった。だけどおれはかっとなった。ラテーロと呼ばれたからというより、汚らしい唾液を靴に吐きかけられたからだ。おれはアロンソの胸に頭突きをくらわし、奴はちり紙のようにへなへなと倒れこんでしまった。おれはあいつの上に飛び乗り、あいつの顔の皮膚に靴をなすりつけてやった。おれが立ち上がったとき、マックスは何も言わず、女教師はせせら笑っていた。わかるか？　せせら笑っていたんだぜ。しかしマックスが『わかった。もう銃殺はやめだ。考えてみればこの女は一斉射撃にも値しない。マテの言うとおり、丸坊主にしよう』と言ったとき、女は笑うのをやめ、頭に両手をやり、それからすぐに手を下ろした。まるで、すでに丸坊主になっている自分の頭に身震いを覚えたかのようだった。ポロという男が仕事を引き受けることになり、女教師の母親にハサミをもってくるようにと要求した。年老いた母親はすっかり茫然となり、娘が銃殺されないことを喜んでいたが、同時に娘に加えられる恥辱を知って狼狽し、ポロの言葉に従わなかった。『急げ、ばばあ――』とポロは言い、母親の腰を押した――髪の毛はまた生えてくる。命はそうはいかない』。そのあいだにも、パルチザンたちは女を捕まえ、強引に椅子の上に馬乗りに座らせた。スカートが捲し上げられ、太腿がなかば露わになった。きっとおまえには気に入っただろう、ピンコ、おまえはたくましい太腿とその奥まったあたりがお気に入りだからな。女の太腿は自転車競技選手のようにたくましかった。ポロはすでにハサミを手にしていたが、女教師はポロが仕事に取りかかれないように頭を振り続けていた。そこでポロは女を押さえつけておいてもらうために、ふたりのパルチザンを呼ばなければならなかった。ハサミは大きくて、刃はなまくらだったので、髪の毛を切るのは難しく厄介な仕事だった。それでもポロは髪を切り続け、頭蓋骨の形が現れはじめた。いいか、みんな、女の剃髪の現場なんかにけっして立ち会うものじゃない。そのカボチャのような形を目にするものじゃない。想像さえするものじゃない。何しろ考えられるかぎり最も醜いジャガイモなのだ。おまけにその印象は全身にまで広がってしまう。しかし、どれほどおぞましかったとしても、その光景はおれたちの目を釘付けにせずにはおかなかった。おれたちは全員、催眠状態に陥ってしまったように視線を凝らしていた。女教師はもう抵抗していなかったが、おれたちを罵りつづけ、呪いつづけていた。声はすでに枯れて、それが効果を一層強めていた。仲間の誰かがこっそりと抜け出し、外へ出てトラックのそばに戻っていった。女教師はまだ苦しみと嫌悪の動きを続け、スカートがさらに捲りあがり、ガーターが見えるようになっていた。マックスは汗をぬぐい、ポロに早くしろと言った。ポロはハサミに文句を言い、こんな仕事を引き受けたことを呪っていた。金属に押しつけられていた指は紫色に変色していた。女教師はすでに疲れはて、いまでは赤ん坊のように呻き声を上げているだけだった。父親はソファにうずくまり、頭を両腕で抱え、指のあいだから両目をのぞかせ、床の上に散らばっていた娘の髪の毛の房にそれとなく視線を向けていた。母親は聖母像の小さな絵の前に跪いて祈っていた。身体を震わせることもなく、もう泣いていなかった。娘の頭はもはや見るに忍びないものになっていた。おれたちの仲間はほとんどみんな、その場から抜け出していた。おれも外に出たが、あいつらが外でどんなだったか、わかるか？　みんなは道の端に一列になって勢ぞろいし、村に背を向け、峡谷を前にしていた。すでに真っ暗だったが、おれにはみんなが何をしているのかよくわかった」

「何をしていたんだ？」とピンコは訊ねた。

リッカルドはピンコの頬を軽くはじき、マテは目をむいてピンコの顔をじろりと見つめた。

「教えてくれ、みんなは何をしていたんだ」とピンコは繰り返した。

「カッコつけてるようだが、ピンコ、そんなものはみんな無駄なことだ。よく聞け、ピンコ、そしてパンでも食べて、少しは成長しろ」

長い沈黙が続いた。すでに気温が下がり、熱も失われて、家畜たちの多くはとっくに眠りにつき、かすかな寝息を立てている。それからリッカルドはほとんど囁くような口調でピンコに話しかけた。「おれにはただひとつの宗教しかない。それは戦闘において以外、けっして人を殺さないということだ。もしもおれが冷静に人を殺すことができるようだったら、おれもまた同じように殺されるだろう。これがおれのただひとつの宗教だ」

それから戸外では世界中が長く震動するような気配が生じ、一瞬後には雨が屋根を叩きはじめた。たちまちザーザーと激しい雨音になり、マテは喜んで、小柄な老人のように、両手を擦りはじめた。眠りに入る前に、藁の上で俯き加減になっていたミルトンのほうをちらりと見た。身体中の関節が震え、手も足も藁を掘り返すのをやめていなかったが、確かにもう眠っている様子だった。

　しかしミルトンは寝ていなかった。フルヴィアの別荘の女管理人のことを思い返し、頭が粉々に砕かれるのを感じていた。《だけど僕は、なにもかも間違えていたのではないだろうか。大げさに考えすぎていたのではないだろうか。おれは正しく理解し、正しく解釈したのだろうか。いま僕の頭はぐしゃぐしゃだ。しかし、集中しなければならない。管理人はなんと言ったのか。彼女は本当にフルヴィアとジョルジョについてあんな言葉を口にしたのだろうか。もしかしたら僕がたまたまそんな言葉を夢にでも聞いたのかもしれない。いや、そんなことはない。彼女は確かに〝……〟と言い、〝……〟と言った。そのときの彼女の唇の皺を、僕はまだ目に浮かべることができる。ところで、僕が間違って理解したという可能性はないのだろうか。僕は意味を取り違えたのではないだろうか。いやそんなことはない。意味は明白だった。それだけが考えられるただひとつの意味だった。ひとつの……特別な……親しい……関係。ちょっと待て。管理人はそこまで話そうとしていたのか、あるいは僕がそこまで話させようとしていたのか。僕は大げさだったのではないだろうか。いや、いや、そうじゃない。彼女ははっきりと言い、僕は正しく理解したのだ。だけどどうして彼女は僕が知ることを望んだのだろうか。普通ならば、関係のある者たちにこそ、黙っているべきことではないだろうか。彼女は僕がフルヴィアに夢中だったこと、いまでも夢中であることを知っていた。知らずにいることなど不可能だった、ほかならぬ彼女が。番犬だって、別荘の壁だって、サクランボの木の葉だって、僕がフルヴィアに夢中だってことを知っていた。だったら彼女にわかっていなかったはずはない、なにしろ僕がフルヴィアと交わしていた会話の半分は聞いていたのだから。するとなぜ彼女は僕の迷いを覚まそうとしたのだろう、僕の心に平安をもたらし、僕の目を開かせようとしたのだろうか。同情からか。確かに彼女は僕に少し同情していた。しかし同情だけで充分だろうか、人にこんな役割を務めさせるのに。彼女にはわかっていたはずだ、あんな彼女の言葉が銃剣のように僕の心を突き通してしまうということくらい。そんなことをするどんな必要があったのだろうか、しかもあんなに突然？　もしかしたら彼女はあのときが一番いい瞬間、僕にとって最も危険の少ない瞬間だと思ったのかもしれない。僕がただの子供だったあいだは、彼女はそんなことは言うつもりになれなかったのかもしれない。しかし僕に再会してみて、僕がもう大人であり、戦争が僕を大人にし、だからいまならば耐えられる、と思ったのかもしれない……。ああ、そのとおりだ、僕は本当にしっかりと耐えた。僕の心は無防備な赤ん坊のように貫かれてしまったけれど。僕は彼女が真実の精神に従って、真剣に話してくれたのだと願っている。たんに口にしてみただけの、何やらいい加減な言葉のせいで、僕が疑いと苦しみの世界を作り上げてしまったりすることがないように。もしかしたらフルヴィアが、いわばたんに口にしてみただけの言葉で、僕に愛の全世界を作り上げさせてしまったのと、同じようなことはしないために……。たくさんだ、たくさんだ、たくさんだ。僕は明日、なにをすべきか、どこへ行くべきか、何を解決すべきなのか、わからないで困っていた。しかしいまは、明日すべきことがわかっている。僕はフルヴィアの家に戻り、もう一度あの管理人の女に会い、もう一度なにもかも事細かに繰り返してもらう。僕はずっと彼女の目を見つめ続け、一度だって瞬きひとつしないだろう。彼女はもう一度、なにもかも僕に言わなければならない。そしてこのあいだ言わなかったことも、言わなければならない》

12

ちょうど朝の九時だった。空は一面、白いまだら雲に覆われ、ところどころに鉄灰色の切れ目がのぞき、そんな切れ目のひとつに月が顔をのぞかせている。月は長いあいだ吸いつづけられたキャンディーのように、切れ切れで透明になっている。雨は明らかに、大空の最後の層雲の上にまでのしかかっているが、しかしおそらく、と中尉は考えていた、このことは最初の豪雨に見舞われる前に片づけることができるだろう。

中尉はアラリコ・ロッツォーニ軍曹の遺体安置所になっていた下士官室を通り抜け、中庭の中央まで進み、そこから当直の下級士官に合図を送った。

「ベッリーニとリッチョを中庭に呼べ」。中尉は下士官がやってくるとそう命じた。

「ベッリーニは外に出ております。畜殺場の作業班と一緒です」

それではリッチョが先だな、と中尉は考えた。ふたりのうちではリッチョのほうが若く、ベッリーニの十五歳にはまだ届いていないはずだ。

「リッチョをここに連れてこい」

「台所か、地下貯蔵庫にいると思います。誰か見かけた者はいないか尋ねてみます」と下級士官は言った。

「この話はあまり大きくしたくない。君自身で探してくれ。リッチョには、そうだな……、中庭に片づけてほしいものがあるとでも、伝えてくれ」

軍曹は額に皺を寄せ、やや異様なまなざしで士官の顔を見つめた。ふたりは共にマルケ州の出身だったこともあり、軍曹は士官から最低限の信頼を得ていた。中尉は軍曹に目で答えた。そこで軍曹は司令部の窓を横目でちらりと見つめ、それから言った。「私はロッツォーニの仇をとることには賛成であります。仇を取らないなどと言うのは論外であります。しかし私は、同じ仇をとるなら、丘の上で気ままに傲慢に振舞っているあの醜い私生児たちのひとりを相手にしたいと考えます……」

「どうすることもできないのだ」

「あのふたりはまだほんの子供です。あのふたりは伝令だったのです。ふたりは遊びのつもりだったのです……」

「どうすることもできない――と中尉は繰り返した――司令官の命令なのだ」

軍曹は台所のほうに向かい、中尉は乱暴に手袋を抜き取り、もう一度ゆっくりと嵌めなおした。司令官に向かって彼は何も言わなかったが、それはサルデーニャ出身の大尉が黙っていたからでもあった。ふたりとも踵を揃えていた。「あいつは淫売のせいで殺された――と司令官は言った――おれはあいつに同情しているわけではない。しかし仇は取る。それもただちに、いま処分可能な敵に対して。私の兵士は、どのようにして殺されたにせよ、報復なしに済まされてはならない」。ふたりは踵を揃えていた。しかし任務は中尉に与えられ、サルデーニャ出身の大尉はその場に残り、このことを住民に知らせるために、午後カネッリの村中に張りだされる布告文の作成に取りかかった。

みんなのマスコットの雌のシェパードが、鼻面を地面につけ、ゆっくりとした歩調で中庭を横切っていった。リッチョが木靴をはいて泥のなかを近づいてくる音が聞こえたので、中尉はシェパードの後を目で追うのをやめた。リッチョは迷彩入りの半ズボンと、ぼろぼろになったポロシャツ姿だった。食事の残りかすと乾いた汗で汚れている。髪の毛は非常に長くなっていたので、尻尾のようにして後ろに束ねていた。始終、乱暴に頭を搔きむしっていた。

「気をつけ」と軍曹はリッチョに言った。

「気にすることはない」と中尉は囁き、それからリッチョに「私と一緒に中庭を少し歩こう」と言った。

「ですが、その片づけるものはどこでしょうか?」と少年は訊ね、手のひらに唾を吐いた。

「そんなものはない」と中尉は不明瞭な声で言った。

数歩歩いたあとで、リッチョの顎が腫れているに気づいた。「殴られたのか」

痛々しいような喜んでいるような輝きが、リッチョの少しずる賢く、素直な瞳のなかを掠めていった。「殴られたなんて、とんでもありません——彼は答えた——とても腫れ上がっているように見えるかもしれませんが、ただ歯が痛いだけなんです。けっして殴られたわけではありません。それどころか、ピラミドン(訳注:鎮痛解熱剤)までいただきました」

「痛むのか」

「大したことはありません、いまではピラミドンが効果を発揮しています」

中庭に人影はなく、いるのは彼らふたりとあちらこちら駆けずりまわっている愛玩用のシェパードだけだった。犬は相変わらず鼻面を地面につけ、囲いの壁に沿って急流のほうに向かっている。中尉にはわかっていた。壁の向こう側には、まだ来ていなかったとしても、すぐにでもやってくるということが、軍曹とそれから……。

「しかし、片づけるものはどこでしょうか」とリッチョはふたたび訊ねた。

「そんなものはない」と中尉は答えた。今度は明快だった。

ポーチから三人の兵士が姿を現した。カービン銃を腕に抱え、リッチョの後ろにやって来た。

「僕とベッリーニを、用もないのにここまで連れ出したことは一度もありませんでした」とリッチョは額を掻きながら言った。

「よく聞くんだ」と中尉は言った。

リッチョは注意を集中したが、すぐに自分の背後に来て立ちどまった三人の兵士たちのほうを、すばやく振り返った。

「この人たちは?……」とリッチョは言いかけて、老人のように顔をゆがめた。

「そうだ、君は逝かねばならない」と中尉は早口で言った。

「死ぬのですか」

「そうだ」

少年は胸に手を当てた。「銃殺ですか。しかしどうして」

「あのとき死刑の判決を受けたことを覚えているだろう。覚えているはずだ。それで、今日、判決を執行するよう命令が下された」

リッチョは感情をぐっとこらえて言った。「しかし、あの判決のことはもう誰も考えていないと思っていました。四か月も前のことです」

「残念ながら、判決というのは取り消されるようなものではない」と中尉は言った。

「しかしあのとき執行されなかった判決が、なぜいまになって執行されるのでしょうか。いまではあの判決はすでに無効なのではないでしょうか。あのとき執行されなかった以上、破棄されたのも同然なのではないでしょうか」

「破棄されたわけではない――と中尉はいっそう優しい口調になって言った――たんに猶予されていただけだ」。それからリッチョの頭越しに三人の兵士の表情を窺った。自分がこんなふうにぐずぐずし、理性的に話していることが、三人には不快でないかどうか知るためだった。三人のうちのひとりが、落ち着かないような皮肉っぽい表情を浮かべて、司令部の窓のほうにそっと目を向けていた。

「でも僕は、僕はいつも立派に振舞ってきたと思っていた。この四カ月、ちゃんと振舞ってきたと」

「君は立派に振舞ってきた。そのとおりだ」

「それじゃどうして？　どうして僕を殺すんだ？——涙がふたつ、両目の端に浮かびあがり、それが滴り落ちることなく、途方もなく大きくなっていった——僕はまだたったの十四だ。僕がほんの十四歳だってことは、あなた方だってよくわかっているんだ。だから、ちゃんと考えといてくれなければいけないんだ。それとももしかしたら、以前の僕のことについて、何か見つけたのだろうか。だけど、僕について見つけたことなんて、全然本当じゃない。僕は悪いことなんか、何も一度もしたことがない。誰かが悪いことをするのを見たこともない。僕はただ伝令をしていただけだ、それだけだ」

「君には言っておかなければならない——と中尉は説明した——われわれの仲間のひとりが殺された。ロッツォーニ軍曹だが、君も知っていただろう。この正面の丘の上で、君たちの仲間のひとりによって殺された」

「なんてことだ！」とリッチョは呟いた。

「確かに——と中尉は言った——われわれが彼の行動をきちんと押さえておくことさえできていたなら」

リッチョは必死になって唾を出そうとした。舌が乾ききって一言も言えなくなってしまったからであり、もう何も話さなくなってしまうと、中尉はすぐに行動に移るように合図することがわかっていたからだった。なんとか間に合って、彼は言った。「お気の毒です。その軍曹のことはお気の毒だと思います。しかし、すでに何回か、僕がここに来て以来、あなた方には死者が出ているけれど、僕に報復しようとはしませんでした」

「今回は、こういうことになってしまったのだ」

「兵卒のポラッチが死んだときのことを覚えていますか——とリッチョは矢継ぎ早に言葉を続けた——あのとき僕はあれを、あの棺台を、作るのを手伝ったんです。あなたは僕を、少しもおかしな目で見たりしなかった」

「今回はこういうことなのだ」

リッチョは両手でTシャツを絞り上げた。「だけど、僕は関係ない。僕はまだ十四歳で、伝令をしていただけだ。本当を言うと、捕まったとき、伝令をしていたのは、まだほんの二回目だった。本当なんだ。僕は関係ない。でも命令は？　僕についての命令は、誰から来たんだ？」

「命令を下すことができる、ただひとりの人間からだ」

「司令官が？——とリッチョは言った——司令官なら、何度も見ている、まさにここで、この中庭で。だけど僕は睨まれたことなんて一度もない。一度、僕に鞭を見せたことがあったけれど、笑いながらだった」

「今回は、こういうことなのだ」と中尉は溜息をついた。三人の兵士に目を向ける力が湧いてこない。

「僕は司令官と話がしたい」とリッチョは言った。

「そんなことはできない。また、しても意味がない」

「司令官は本当にこんなことを望んでいるんだろうか」

「もちろんだ。ここでは司令官が望んでいることならなんでもやり、司令官が望んでいないことは何もしない」

　リッチョは静かに泣きはじめた。泣きながらポケットのなかからハンカチを探し出そうとしたが、見つからなかった。

「だけど僕は――とリッチョは目の下に指をあてながら言った――僕はいつもきちんと振舞ってきた。命じられたことはいつもなんでもやってきた。庭を掃き、長靴を磨き、ごみを捨て、荷物を運び入れ、要らないものを捨ててきた……。それで、いつ？」

「すぐだ」

「いますぐ？――そう言ってリッチョは両手を胸に当てた――いやだ、いやだ、あんまりだ。だけど、僕ひとり？　ベッリーニは？」

「ベッリーニもだ――と中尉は答えた――命令にはベッリーニも含まれている。誰かが畜殺場まで探しに行っている」

「可哀そうなベッリーニ――とリッチョは言った――それで、彼のことは待たないんですか。なんで待たないんですか。待てば、少なくとも僕たちは一緒になれる」

「命令だ――と中尉は言った――待つことはできない。もうほかに言うことは……。しっかりしろ、リッチョ、行くんだ」

「いやだ」とリッチョは静かに言った。

「さあ、リッチョ、勇気を出せ」

「いやだ。僕はまだたったの十四だ。それに母にも会いたい。ああ、お母さん。いやだ、これじゃあんまりだ」

士官は三人の兵士を見つめた。ふたりが憐みの情に駆られて、すぐにでも任務を完了させたがっているのがわかった。もうひとりは皮肉と怒りをおぼえながら中尉を見つめ、こんなふうに言っているように思われた。「おれたちに、こんな大仰なことをしてくれる奴なんていない。せいぜい嫌味たっぷりの前口上を聞かされるくらいが関の山だ。それなのに、あなたはこの若者にたいして、憐みにあふれた前口上を延々と述べている。立派な士官様だ。だけどあなたは、われわれは間違っており、われわれはもうお終いだと思っている人たちのなかのひとりなんじゃないのか。しかし、おれたちはどうなる？　おれたちドゥーチェの兵士たちは、石や植物から生まれてきたとでも思っているのか」

「さあ、しっかりしろ」と中尉は繰り返し、三番目の兵士に目を向けた。膝を拡げてリッチョを受け入れるような姿勢になっている。母親とは反対の意味で、しかし同じような姿勢だった。

「いやだ――とリッチョはさらに静かな口調になって答えた――僕はまだたったの十四……」

仕方なく中尉は両目を閉じ、リッチョの背中を強く押した。リッチョは兵士の膝のあいだに押し込まれ、ほかのふたりがリッチョに覆いのようなものを被せて強く締めつけた。リッチョの叫び声も押し殺され、縺れあった四人のなかからは、宙に浮いてバタバタと動きまわっている少年の足しか見えなくなった。

そんなふうにして、一行は車両用の門のほうへ向かい、中尉は重たい足取りで後についていった。「人殺し！　お母さん！　こいつらは僕を殺すんだ！　お母さん！」。そう叫んでいるリッチョの声がはっきりと聞こえていた。

その呪わしい車両用の門のところまで、一行はいつまでも辿りつくことができないような気がした。軍曹の遺体はすでに運び出されていた様子で、ドアは外側から押されてなかば閉ざされている。

突然、五人の集団がばらばらになった。中央で爆弾が炸裂したかのようだった。中央の空間に、ほとんど裸姿のリッチョが現れ、指先をたてて、士官を睨みつけていた。

「僕に触るな！――とリッチョは、周囲に詰め寄ろうとしていた兵士たちに向かって叫んだ――ひとりで行く。もう僕に手をかけるな。ひとりで行く。ベッリーニも銃殺されるんだったら、このおまえたちの呪われた兵舎で、僕は誰と一緒だというんだ。僕はもうこんなところにいたくない。一秒だって耐えられない。僕は銃殺してくれと頼むだろう。兵士たち、おまえらは僕から離れていろ！　僕はひとりで行く」

中尉は兵士たちに近づかないように合図をした。実際リッチョは車両用の門のほうへ数歩後退し、ほとんど門に触れるほどだった。

「もうひとつ、言わせてくれ――とリッチョは言った――牢獄に、母が送ってくれたタルトがある。ほんの少し味見しただけだ、ほんの少し表面をかじっただけだ。ベッリーニにあげたいところだが、ベッリーニもすぐ後からきてしまう。このタルトは、おまえたちの忌まわしい牢獄に送られてくる最初のパルチザンにあげてくれ。おまえたちの誰かが食べたりしたら、呪われるぞ！」

流れに向かって表に出、兵士たちはドアのところに近づいてきた。中尉は一瞬立ちどまってひとりになり、それから中庭の中央に急いで戻っていった。しかしそこに留まっている気にもなれない。一斉射撃は壁を貫いて、中尉をも射ち殺してしまうような気がする。大股で安全な場所を求め、士官用の食堂に向かっていった。食堂の角に辿りついたとき、すぐに銃声が響きわたった。

兵舎では誰もがすでにこのことを知っており、心の準備もできていたようだった。なんの動きもなく、誰も何も尋ねず、声をかけることもなく、大きな窓から顔を出すものもいなかった。カネッリのざわめきが一瞬完全に途絶えていた。

中尉は逆立っていた髪の毛に手を当て、それからゆっくりと、疲れ切った足取りで、衛兵たちの詰め所へと向かって行った。そこでベッリーニを待つためだった。

13

その頃、ミルトンはアルバの手前の最後の丘の上にあるフルヴィアの別荘に向かって歩きつづけていた。道程の大半は歩き終え、別荘が最初に見えた山の頂きはすでにかなり後方になっている。別荘は雨のカーテンに覆われ、幻のようだった。雨はこれまでになかったほど、垂直に、乱暴に降りつづけている。道は終わりのない水たまりとなり、そのなかをミルトンは、急流を縦に渡っているようなものだった。畑も植物もぐしゃぐしゃになって頭を垂れ、雨の暴力に打ちひしがれているようだった。激しい雨音のせいで、聴覚は完全に麻痺している。山の頂から小さな谷間を駆け下り、スピードを抑制するというより、むしろ滑り落ちていくことに期待をかけているようだった。何回か仰向けになって滑り落ち、その度に全身は、でこぼこに膨れあがった波状の斜面の上を、十メートルから十二メートルほど落下していった。ピストルは両手で梶棒のようにしっかりと握りしめていた。それからフルヴィアの別荘がふたたび見えるようになる小さな丘の頂上へ、もう一度上っていった。全力を挙げて大股で歩こうとしても、赤ん坊のようにしか歩くことができない。その間も咳は止まらず、喘ぎも収まらなかった。《だけど僕は何をしに行くのだろう？　昨日の夜、僕はどうかしていた。確かに熱に浮かされていた。明らかにしなければならないことも、見極めなければならないことも、救わなければならないことも、何もないというのに。何の疑いもない。女管理人の言葉に、その一言一言に、そしてその意味は、そのただひとつの意味は……》。頂上に辿りつき、視線を遠くに投げかける前に、雨のせいで貼りついたり流されたりしていた髪の毛を額から払いのけた。別荘が見える。丘の上に高く建っている。直線距離にして二百メートルほどだ。分厚い雨のカーテンに遮られて、別荘は確かに歪んで見える。しかしそのせいだけではない。別荘はあまりにも醜く、ひどく傷つき、腐敗してしまっているような気がする。たった四日間で、一世紀分の崩壊が進んでしまったようだ。壁は汚れた灰色になり、屋根には黴が生え、周囲の植物は腐りはて零落している。

《僕は行く、それでも行く。ほかに何をしたらいいかわからないし、何もしないでいることはできない。農夫の子供を町に送り、ジョルジョのことを知る。子供には……十リラをやろう。まだポケットに残っているはずだ》

斜面を駆け下り、別荘の姿はたちまち見えなくなり、滑り落ちながら急流の岸に辿りついた。橋の下流側だった。水は渡河用に配置されている石よりも二、三十センチ増水している。足首まで凍りつくような泥水に浸かりながら、石から石へと川を渡っていった。それから四日前に、イヴァンの前を帰途に大急ぎで駆け抜けていった小道に出た。平地に辿りつくと、雨の激しさに呼応するかのように夢中になって歩いていった。《おれはどんな状態になっているんだろう。内側も外側も泥まみれだ。母だって僕だとわからないかもしれない。フルヴィア、君は僕にこんなことをすべきではなかった。とりわけ僕の前に何があるか考えるべきだった。だけど、僕の前に何があるのか、君にわかるはずはなかった。僕だけでなく、彼の前に、すべての若者たちの前に、何があるのか。君は何も知る必要はなかった、ただ僕が君を愛しているということ以外は。しかし僕は知らなければならない。君の魂が僕のものであるかどうか、それだけは。僕は君のことを考えている。いまも、こんな状態でも、君のことを考えている。わかるかい、僕が君のことを考えるのをやめてしまったら、君はすぐに死んでしまうんだ。でも、心配することはない。僕は君のことを考えるのをけっしてやめたりしない」

最後から二番目の道の端に上っていった。両目を閉じ、身体は半分に折り曲げていた。一番高いところに辿りついたら、身体を真っすぐ伸ばし、目を見開いて、目のなかをすぐにフルヴィアの別荘でいっぱいにするのだ。雨滴が頭の上に鉛の散弾のように降ってくる。我慢ができなくなり、何回も叫び声を上げたくなる。そんなふうにしていたので、何よりも自分に向かって近づいてくる人影のようなものに気がつかなかった。生垣を背に、畑のなかで、ミルトンから二十メートルほど離れた左手にいる。若い農夫で、泥のなかを爪先立って歩き、身を屈めて猿のように素早く動いている。常にいまにも走り出しそうでいながら、けっして飛び出そうとはしていないように見える。人影はすぐに雨のなかに消えていった。

道の一番高いところに達し、すぐに視線を上にあげて別荘を見つめた。歩みを止めず、最初の下りをほとんどよろめきながら進んでいった。均衡を取り戻そうとして、視線を水平にしたとき、目の前に兵士たちの姿があった。ミルトンは小道の真ん中でぴたりと立ちどまり、両手を腹の上に押しつけた。

兵士たちは五十人ほどだった。畑のなかに散らばり、あらゆる方角に見え隠れし、道の上にいるのはひとりだけである。全員が武器を構えていたわけではないが、全員がずぶ濡れの迷彩服に身を包んでいる。きらきらと輝くヘルメットの上で雨が砕け散っている。一番近くにいたのは道の上の兵士だった。三十メートルほどのところで、子供をあやしているかのように、肩と腕のあいだにカービン銃を抱きしめている。

誰もまだミルトンに気がついていなかった。誰もが、ミルトンも含めて、催眠状態に陥っているようだった。

親指をすばやく動かし、ホルスターのボタンを外したが、ピストルは引き出さなかった。一番そばにいた兵士が雨に邪魔されていた目を彼のほうに向けようとしたとき、ミルトンはすばやく後ろを振り返った。警告の叫びは聞こえず、聞こえてきたのは茫然となった兵士の喉の喘ぎだけだった。

道の頂へと大股で投げやりに歩いていった。それでも心臓は身体中で動悸を打ち、そのどれもが非常識で、背中が大きく広がり、道からはみ出てしまいそうな気がする。《死ぬんだ。首筋を打ち抜いてくれ。だけど、いつ来るんだ?》

「投降しろ!」

腹部が凍りつき、左の膝の感覚が突然失われてしまったが、気持ちを集中して、道の縁に向かって飛び出していった。兵士たちはすでにカービン銃や軽機関銃を発砲していたが、ミルトンには自分が地面の上を走っているようには思われず、弾丸が飛びかう風のなかで、ペダルを踏んでいるような気分だった。《頭だ、頭を撃ってくれ!》と内心で叫びながら、道の縁を飛び越えて落下し、斜面の上に飛び下りた。その間も無数の弾丸が路上をなぎ払い、一面の空気を細断していた。どこまでもながながと滑り落ち、頭を先にして泥をかき分け、目を大きく見開きながら何も見えなくなり、飛び出している岩や棘だらけの草むらの横を掠めていった。しかし傷ついた感じも、血が噴き出ている感じもない。泥が何もかも塞いでしまったのか、覆いつくしてしまったのかもしれない。ふたたび立ち上がり走りはじめたが、足取りはあまりにも遅く重苦しく、少しでも後ろを振り返ろうという気にはなれない。すでに射撃場の台を前にしているかのように、道の縁に一列に勢ぞろいしている彼らの姿など見たくもない。堤と流れのあいだを無様な姿で走りながら、あるとき走るのはやめようという気分になった。どうせ速く走ることなどできそうにない。一斉射撃をいつも待ち続けていた。《足じゃない、背中でもない!》。急流沿いの最も木々の生い茂っているほうへと走り続けた。そのとき、小さな土手の上に彼らの姿がちらりと見えた。おそらくほかのパトロール隊だったのだろう。ミルトンから三、四十メートルのあたりで、雨水の滴り落ちるニセアカシアの林の背後でなかば姿は隠されている。まだ彼の姿には気がついていないようだった。ミルトンは泥の亡霊のようだった。しかし突然、彼らは叫び声を上げ、武器を構えはじめた。

「投降しろ！」

ミルトンはすでに歩みを緩め、後ずさりしはじめていた。真っすぐに橋に向かい、数歩進んだところで、身体の向きを変え、遠方へと走りはじめた。道の縁と小さな土手の両方から銃撃された。彼らはミルトンと彼ら自身に向かって大声を上げ、興奮し、言葉をかけあい、罵りあい、鼓舞しあっていた。ミルトンはふたたび足を踏みしめ、走りながら地面の隆起に足をとられていた。後ろと前と、まわりじゅうで、地面が裂け、沸き立ち、銃弾で弾き飛ばされた泥が一面に飛び交い、踵に絡みついた。目の前で、岸の灌木が乾いた音をたてて弾け散っていった。

地雷の仕掛けられている小さな橋にもう一度向かって行った。どんな死に方だって、同じことではないのか。しかし最後の数歩のところで、身体中から涙があふれ、空中をばらばらになって飛ばされていくことを拒否した。頭に命じられることなく、ぴたりと足を止め、流れのなかに飛びこみ、銃撃で刈り揃えられた茂みの上を急流へと飛び越えていった。

着地するとともに、膝までが水に浸かり、銃撃で剪定された枝葉が肩に降りかかってきた。もはや一刻の猶予もならない。しかしすでに手遅れだということもわかりきっていた。あえて視線を巡らしてみるならば、欄干の上からはすでに七つ、八つ、十の武器で彼の頭蓋骨に狙いを定めている最初の兵士たちの姿が、間違いなく目に飛び込んできたことだろう。手はホルスターのほうへ飛んでいったが、そこは空っぽだった。指先に少しばかりの泥が飛び出してきただけだった。ピストルはなかった。道の縁から下方へと頭から大きく滑り落ちていったときに、どこかへいってしまったのは明らかだった。絶望に駆られ、顔全体を回して茂みのあいだを見つめた。ひとりの兵士がそばにいた。距離は十四、五メートル、手でカービン銃をもてあそびながら、アーチ状の橋をじっと見つめている。ミルトンは大きな水音をたてて腹から水に飛びこみ、ただ一度の動きで反対側の岸にしがみついた。背後ではふたたび喚声と射撃音が響きわたった。腹ばいになって岸を乗り越え、広々とした裸の草地に飛びこんでいく。しかしすぐに速く走りだそうと、耐えがたいほどの努力を払っても、膝は言うことを聞いてくれない。ばったりと倒れた。兵士たちは喉が張り裂けんばかりの喚声を上げた。ミルトンは恐ろしい声をあげて兵士たちを呪った。二発の銃弾がすぐそばの地面に突き刺さった。優しく思いやりのある銃弾のような気がする。ふたたび立ち上がって走りはじめた。無理はせず、諦めながら、ジグザグに走ろうともしなかった。数限りない銃弾が群れをなして大量に降り注いでいる。斜めに飛んでくるものもあれば、左手前方に降り注いで、ミルトンを立て続けにとらえようとしているものもある。あらかじめミルトンの前方を狙っているものもある。小鳥をとらえるときのように。斜めからの銃撃が一番恐ろしかった。真っすぐに狙ってくる銃弾が即死させてくれる可能性が一番高い。《頭だ、頭だあああ!》。もうピストルはなかったので、自分に弾丸を撃ちこむこともできず、頭を打ち砕こうにも恰好の木が見当たらない。めくらめっぽうに走りながら、両手を上げて首を絞めようとした。

走り続けていた。ますます速く、ますますのびのびと。心臓は鼓動を続けていたが、外部から内部に向かってであり、心臓が自分の居場所をもう一度なんとかして手に入れようとしているようだった。走り続けていた。これまでけっして走らなかったほど、いままで誰も走らなかったほど。大雨で黒ずみ、汚れはててしまった正面の丘の尾根が、大きく見開かれながらなかば盲目になっていた彼の目に、生きた鋼鉄のように輝いて見えた。走り続けていた。銃撃の音も叫び声も弱まり、ミルトンと敵たちのあいだに横たわる広大で乗り越えがたい沼地のなかに溺れていった。

さらに走り続けていた。しかし地面との接触も、肉体も、どのような動きも、呼吸も、疲れもなく、すべてが空しかった。それから、衰えた視力では認識することのできなかった新しい場所をさらに走り続けていたとき、ミルトンの心はふたたび働くようになった。それでも思考は外部から訪れ、パチンコで飛ばされてきた小石のように彼の額に突き当たった。《僕は生きている。フルヴィア。僕はひとりだ。フルヴィア、もう少しで君は僕を殺すところだった！》

ミルトンは走るのをやめなかった。地面は明らかに上りだったが、平らなところを走っているような気がする。乾いていて、柔らかく、気持ちのよい平地のようだ。それから突然、目の前にひとつの村落が現れた。不平を漏らしながらミルトンは村落をよけ、相変わらず全力で走りながら迂回して行った。しかし、村落の横を通過するとすぐ、突然、左に道を横切り、もとに戻って村落の後ろに回った。人びとを目にし、人びとに見られる必要があった。自分が生きていることを確信し、自分が大気のなかを羽ばたきながら天使たちの網に捉えられるのを待っている霊的な存在ではないということを確信するためだった。いつまでも同じようなリズムで走りながら、村落の入り口に辿りつき、村落の真ん中を走りすぎていった。少年たちが学校から外に出てきた。

舗石の上を大急ぎで駆け抜けていく騒音を耳にし、階段の上に立ちどまって、道の曲がり角を見つめていた。ミルトンは不意に姿を現した。馬のように、白目をむき、口を大きく開いて泡を飛ばしている。足で地面を蹴るたびに、わき腹から泥をまき散らしている。突然、大人の叫び声が聞こえてきた。おそらく窓から顔を出した女教師の声だった。しかしミルトンはすでに遠くに離れていた。最後の家のそば、波打つ畑の近くにまで来ていた。

走り続けていた。目を大きく見開きながら、地上はほとんど目に入らず、空はまったく見えていない。孤独、静けさ、平和を完璧に意識していた。それでもまだ走り続けていた。いともたやすく、抗いがたい力に導かれて。それから目の前に森が現れ、ミルトンはそこへ真っすぐに飛びこんでいった。木々の下に入ると、すぐに木々は閉ざされ、壁ができたようだった。その壁から一メートルほどのところで、ミルトンは崩れ落ちた。

訳者後記

本書の著者ベッペ・フェノーリオ(一九二二年〜一九六三年)は、日本ではあまり知られていないが、本国イタリアでは現在でも現代イタリア文学を代表する作家のひとりとされている。フェノーリオの作品は彼独特のこだわりの強い難解な文体で知られるが、なかでも『個人的な問題』はその代表作であり、二十世紀イタリア文学の最高傑作のひとつとして挙げられている小説とも言っていいであろう。また、二〇一七年には『父‐パードレ・パドローネ』、『サン・ロレンツォの夜』など数々の名作で知られるタヴィアーニ兄弟によって、本作『個人的な問題』が映画化されている。

第二次世界大戦中の一九四三年九月三日、ムッソリーニ首相を解任したバドーリオ軍事政権は連合軍と休戦協定を締結、八日に公表した。この休戦協定締結を機に、当時イタリア正規軍の兵士だったフェノーリオは苦難の末故郷アルバに帰還し、他の多くの若者たちとともにパルチザンとしてファシストとの戦いに身を投じた。

イタリアが連合軍との休戦を宣言して以降、イタリア全土で次第に反ナチス、反ファシストの抵抗運動(レジスタンス)が激化していく。この抵抗運動には、学生や知識人のみならず、多くの農民や労働者など一般市民が参加し、大規模な内戦へと発展した。

とりわけ、ムッソリーニが樹立したイタリア社会共和国(サロ共和国)が位置し、共和国を支援するドイツ国防軍が進駐した北部イタリアでは、壮絶な戦闘が展開された。この内戦では戦争が終結する一九四五年までに、フェノーリオの故郷ランゲ地方を含む北部イタリアだけでもレジスタンスの戦闘員パルチザンと一般市民を併せた犠牲者は数万人にも上ると伝えられている。

フェノーリオの作品の多くは、こうしたパルチザン時代の体験がベースとなっている。『個人的な問題』に登場するエピソードの数々、主義主張が異なるパルチザンどうしの会話、寝食もままならない劣悪な環境の描写、仕返しのために殺される少年の話、ファシストたちの目を盗み主人公ミルトンに食べ物を与える老女たちの言葉などなどは、彼の体験を抜きにしてはあり得ないと思われる。

さて、本作はパルチザンのおかれた極限状況の人間心理を横糸とし、主人公ミルトンの恋人(と思い込んでいる)フルヴィアへの狂おしい恋と親友ジョルジョとの友情のせめぎ合いを縦糸として紡がれていく。

「ミルトンの容姿は醜かった。背は高く、ひどく瘦せており、背中は猫背気味だった。……ミルトンの素晴らしいところは目だけだった。悲しくて皮肉っぽく、硬く不安げなまなざしだったが……」

作中の容姿の描写からして、ミルトンはフェノーリオの分身とも思われる。

パルチザンであるミルトンは任務の途中、フルヴィアがかつて滞在し、自分もしばしば訪れた彼女の別荘に忍び込む。そのとき、別荘の女管理人から、フルヴィアが無二の親友ジョルジョと恋人どうしだったのではないかと示唆される。その瞬間から、冷静沈着だったミルトンの胸中に激しく狂気めいた嫉妬心が生まれる。ジョルジョに会ってどうしても本当のこと、真実が知りたい。しかし、彼同様パルチザンであるジョルジョは、ファシストたちに囚われている。周囲に敵が潜む一寸先も見えない豪雨と濃霧のなか、真実を求めてミルトンの探索が始まる……。

なお、豪雨と霧は、この作品の全編を通して主人公をはじめとする登場人物たちを悩ます重要な要素となっている。これは想像の産物などではなく、実際に晩秋から冬にかけてのアルバを中心としたランゲ地方特有の気候風土に付随したものであることから、作品に強いリアリティを付加している。

ところで、フェノーリオは若いころから英米の文学や文化に強い憧憬を抱いていた。たとえば、作中に出てくる自分自身が訳したロバート・ブラウニングの詩「エヴェリン・ホープ」をフルヴィアに渡すくだりや、随所に登場する「オーヴァー・ザ・レインボウ」などから、フェノーリオの英語に対する強い愛着と情熱を読み取ることができる。

『個人的な問題』は、イタリアでは世代を越えて読み継がれてきた作品であるが、日本の読者にとっては、当時のイタリアにおける歴史的状況をふまえて読むと、よりいっそう作品世界を堪能することができるはずである。

なお本書の結末が多少未完成の感があり、これについて識者たちのあいだでも諸説あるが、この点に関しては、読者の方々のご判断におまかせしたい。

この作品の訳者として、果たして筆者が適任であったかどうかはわからない。ただ、これまで日本で知られていなかったフェノーリオの名作を完訳し、読者に提供できたことを密かに自負している次第である。

最後に、本書とフェノーリオのもうひとつの作品『アルバの二十三日』の訳書の出版を快く引き受けていただいたバジリコ社社長、長廻健太郎氏には心より感謝しています。

二〇二一年四月　楠瀬正浩

著者略歴

ベッペ・フェノーリオ

1922年労働者階級の家庭に三人兄弟の長男として生まれる。1942年トリーノ大学文学部に入学。翌年徴兵され士官学校生として訓練を受ける。同年バドーリオ軍事政権が連合軍との停戦を宣言したのを機にアルバに帰郷した後、すぐにパルチザン部隊に加わる。家族とともにファシスト軍に捕まるが、アルバの司祭の介入により釈放。その後1946年春までパルチザンとしてファシスト軍と戦う。戦後再び大学に戻るが、執筆活動に専念するため中退。1947年ワイン会社に採用されるが、その間も執筆活動を継続。1960年ルチアーナ・ボンバルディと結婚、一女をもうける。長年にわたる過度の喫煙により喘息と肋膜炎を患い、1963年気管支癌により死去。享年41歳。『逆境』『麗しの春』『個人的な問題』など、パルチザン時代の体験をもとにした多くの作品を発表。イタリア文学におけるネオリアリズモの代表的作家と目されている。

訳者略歴

楠瀬正浩

1947年神奈川県に生まれる。1966年東京大学仏文科入学。1970年サンケイスカラシップによりパリ大学に給費留学。1979年仏政府給費留学生としてパリ大学に留学。1981年東京大学人文科仏語仏文学博士課程満期中退。その後、仏語、伊語の非常勤講師を務める。訳書にフランソワーズ・フュレ『幻想の過去』(バジリコ)、ベッペ・フェノーリオ『アルバの二十三日』(バジリコ)他。

個人的な問題

二〇二一年七月二十八日　第一版第一刷発行

著者……ベッペ・フェノーリオ
訳者……楠瀬正浩
発行人……長廻健太郎
発行所……バジリコ株式会社
〒一六二-〇〇五四
東京都新宿区河田町三-一五河田町ビル三F
電話：〇三-五三六三-五九二〇
FAX：〇三-五九一九-二四四二
ISBN978-4-86238-248-1

装幀……鈴木一誌
印刷製本……中央精版印刷株式会社